U0622888

尤墨书坊

■ 李兆虬 / 主编

山东城市出版传媒集团 · 济南出版社

■ 于新生 / 著

图书在版编目（CIP）数据

看不到自己 / 于新生著 . -- 济南：济南出版社，
2018.1

（尤墨书坊）（2019.5 重印）

ISBN 978-7-5488-3035-1

Ⅰ . ① 看… Ⅱ . ① 于… Ⅲ . ① 随笔 - 作品集 - 中国 -
当代 Ⅳ . ① I267.1

中国版本图书馆 CIP 数据核字（2018）第 021055 号

看不到自己 于新生 / 著

出 版 人 崔　刚

总体策划 · 责任编辑 · 装帧设计　戴梅海

出版发行　济南出版社
地　　址　济南市二环南路 1 号 250002
网　　址　www.jnpub.com
电　　话　0531 - 86131726
传　　真　0531 - 86131709
经　　销　各地新华书店

印　　刷　济南龙玺印刷有限公司
成品尺寸　150×230 毫米　16 开
印　　张　7
字　　数　76 千
版　　次　2019 年 5 月第 1 版第 2 次印刷
印　　数　5001 - 10000 册
定　　价　49.00 元

发行电话　0531 - 86131730 / 86131731 / 86116641
传　　真　0531 - 86922073

（版权所有，侵权必究）如有印装质量问题，请与印刷厂联系调换

于新生(昕生) 1956年8月生于寿光，1988年毕业于山东艺术学院，中国美术家协会会员，山东省美术家协会第六届副主席、顾问，山东省中国画学会副会长，山东工艺美术学院教授、硕士研究生导师，享受国务院政府特殊津贴。1999年被中国文联评为中国百杰画家，2000年被中国文联评为"德艺双馨"艺术家，2001年出席全国第七次文代会。作品入选第六、七、八、九、十、十一、十二届全国美展等大型美展。所作：《中国古代寓言》连环画获第八届全国美展最高奖，《吉祥腊月》获第九届全国美展银牌奖，《喜船》获第十届全国美展银牌奖、第十二届文化部群星奖银奖和第六届全国年画展银奖，《大晴天》被评为第十一届全国美展获奖提名作品，《荷塘水清清》获文化部第八届群星奖银奖和最受观众欢迎美术作品奖，《金秋》获文化部第三届全国画院优秀作品展最佳作品奖，《农家新居》获全国首届风俗画大展一等奖，《中秋节》邮票〔三枚〕2001年由国家邮政局发行。

看不到自己

你了解自己吗？

你自以为清楚地了解自己，可是你却从来没有真正地看到过自己。不是吗？你所看到的自己，那只不过是通过镜面、水面或影像、照片之类获得的虚像。若不是有镜面、水面、影像、照片你恐怕连自己的虚像也看不到。你的美丑，只能通过虚像或别人的评头论足来间接地辨明。

你知道你在想什么，知道你的一切预谋和计划，知道你所讲的话，哪句是真话，哪句是假话，可是你并不能看到你在亦真亦假中所做出的动作和流露出的表情，你只能从别人对你的行为所做出的反应中，来判断你那真话或假话所带来的效果。

人们需要在对自身美丑的确定中，来判定社会环境中别人对自己的感应，人总是对自己的外表充满好奇，总离不开镜子，总离不开同自己虚像的观照和与别人的交流。可这种观照和交流却往往因缺少直观的参照而出现偏差。正因为如此，才会有《邹忌讽齐王纳谏》中 ，邹忌谓其妻曰："我孰与城北徐公美？"问其妾曰："吾孰与徐公美？"问客曰："吾与徐公孰美？"那种不自信的疑问；才会有"东施效颦"，让人耻笑，自己却不解其故的笑料。如果那时他们能了解自己，看到自己，并与对方作直接的参照，会出现那样不自信的疑问和自觉其美的笑料吗？

这是上帝的安排，你的眼睛是为了看别人的，你不能真正地看到自己。

你了解别人吗？

你的眼睛看清了他的外表，可以通过他的外表，来感受丑恶和美丽。可你并不了解他的内心，你不知道他内心的预谋和计划，也不知道他所讲的话，哪句是真话，哪句是假话。对他的内心，你只能在他亦真亦假的行为中做出自己的判断。因为，你不能真正地完全地了解别人。

也正因为如此，才会有瞒天过海，欺世盗名，尔虞我诈，居心叵测……

也正因为如此，才会有越王勾践的吴国为仆和卧薪尝胆；才会有鸿门宴上项羽的失误以至于垓下的霸王别姬……

诚然，也有人的眼睛能看清真伪：吴子胥的眼睛是犀利的，他看透了勾践险恶的用心，可是直到他被挖下双眼悬于城门，也不曾让执迷不悟的吴王清醒过来；亚夫范增的眼睛也是犀利的，他能看透刘邦争夺天下的野心，可是楚霸王项羽却被自己的骄狂自大和刘邦的卑躬屈膝蒙上了眼睛。这都是因为，人往往会被别人美丽的言词和虚伪的外表所蒙蔽。人，不可能完全的了解别人。

可人们总是梦想着能看清楚自己，也看清楚世间的一切，总相信会有一种超越现实的法力去达到这一目的。你看到过三星堆出土的那个凸眼的大耳神像吗？你看到过千手千眼观音吗？你看到过过去、现在、未来三世佛吗？那即是人所创造的能眼观六路、耳听八方并能预示未来的神，人们想借助这些神灵去了解自己未知的一切。有时候人也会把自己当作一个"接天通地"的巫师，自欺欺人地说：我能聆听神的旨意，我看清了自己，也看透了别人。可事实是：神只不过是人为的一种虚像，而你却是世间一个实实在在的人。

你看不到自己！也看不透别人！

别犯琢磨了，不是早就有人阐述过主观、客观、内因、外因之类的事了吗？主、客是现实存在中不同的两个方面，白天过去，黑夜来了，两者不可兼得，这就是上帝造物的秘密。看不清自己就看不清吧！这样反而少了一些对自己丑事的难为情。不了解别人就不了解别人吧！这样反而对别人多了一些美好的想象。

假如，人真的能够看清自己，也看透别人，那世界还会神秘吗？生活还有趣味吗？人们还有想象吗？历史还会有那么多的千古绝唱吗？

尽管如此，还是需要提醒你我的是：虽看不到自己，却应该有自知之明；虽看不透别人，却应该有明辨是非的眼睛。

于新生 / 丁酉夏于济南

目　录

看得思

看得忆

看得见 KANDEJIAN

《罐儿》/ 于新生 - 2016

盐罐儿

喜欢收藏民间艺术。

朋友对我说：看到邻居家桌上放着一个盛盐的瓷罐儿，听说那罐儿上辈就有了，上面画着些花花草草，怪好看的，是否愿去看看？

听说有此事，自然愿往。

那是一个破了口儿的瓷罐儿，一看便知是民国后期民窑的产物，虽说没多大价值，但还算是好看。

我试探着问主人："你这罐儿是否愿卖？"

"只是个盛盐的罐儿，能卖几个钱？"主人说。

"五百怎样？"我这人只要想买的东西，从不损人，更不在钱上小气。

主人愣了一下。显然，这个价格大大地出乎了他的想象，他似乎意识到：这是一个"宝贝"！从常理儿来说，这"宝贝"的价值肯定是远远地超出我说的这个价格之上。

"我只是问个价儿，这是祖上传下来的东西，我可不能卖！"主人眨巴着眼睛，一副不愿上当的神情。

我知道他肯定是误会了，就说："这东西并不值几个钱，我出的价儿已是超出了正常的价格。"

"别哄人了！哪有为了吃亏买东西的？"

不知咋的，我倒真的像买卖人那样被人揭了老底儿。便再三解释："我并不是为了赚钱，而是觉得你这罐儿好看。你如果嫌钱少就再往上加点儿？"

"你就是给座金山俺也不卖！"主人彻底堵了门。

离开后，朋友问我："那罐儿真的是个宝贝儿？"我说："说宝贝也行，可那的确是一个不值钱的宝贝。"

过了些时日，朋友告诉我：邻居家那个盛盐的罐儿不见了，取而代之的是个玻璃罐头瓶儿，看样儿，那"宝贝儿"准是收箱入柜了。于是他也就干脆来了个顺水推舟，对罐儿的主人说："你多亏没上当，那罐儿的来历我打听清楚了，是八国联军攻北京时从皇宫里流落出来的，全国也就那么几个，是个价值连城的宝贝儿，据说现在国家搞文物的人都在找，你可不能拿去鉴定，见了这样的文物国家要没收。"一席话把那罐儿的主人弄得面红心跳，激动不已，真的像得了座金山。当下摆酒买菜，把我那朋友正儿八经地款待了一番。临别，他对朋友再三嘱咐：这罐儿的事千万不能对外讲！

听了朋友的话，我忍俊不禁地笑出声来，当胸给了他一拳，骂道："你小子真损！"

朋友正色道："你倒不损，可别人认为你损！说实话有时会被认为是骗人，编瞎话却被认为是实话，有些人愿意听瞎话，却不喜欢听实话啊！"

1996 - 8 / 于寿光

卖唱的与听唱的

我还是第一次见到卖唱的。

那大概是一对夫妇，年龄均约四十来岁。男的怀抱一个弹拨乐器（大概叫琵琶），边弹边唱；女的手拿一副相击作响的东西（也许是简板），边敲边唱。他们的歌有流行的，有不流行的，有说不上名堂的地方歌，也有老曲添新词的，唱词以恭喜发财、吉祥如意为主。两人时而合唱，时而对唱，虽表情木然，却也不乏和谐，一副夫妻患难与共的样子，让人大起怜悯之心。

一看是地道的民间"货"，我便来了兴致。随着这对夫妻，跟着感觉走了起来……

大概是人们听够了那些歌星的狂呼乱叫，也许是这对夫妻的举动在这个环境中制造了一点小小的对比，他们的存在，形成了街道上人群的一个集结中心。

这里是一个杂货市场。小贩的摊子一挨一地排列在街两边，活像两军对垒的战场。尽管这个"战场"看上去是和平安定和界线分明的，但也不时会发生一些小小的"战争"，因为在这里"钱"是人们争夺的目标，为了这个目标人们会费尽心机，互不相让，甚至以命相搏。这对夫妻便像慰问出征将士一样，来了个巡回演出，挨个摊子唱了起来。

小贩们向来都是"孙子"出身：巴结税务干部，为了少

《看演唱》/ 于新生 - 2016

交点税；招揽"大叔""大婶"，为了多卖点货。可今天他们却有了一种从未有过的满足感，在这对夫妻面前，他们觉得自己的位置被抬高了，竟然也会有人在他们面前大唱"颂歌"！尽管他们非常不适应这种气氛，但还是尽量装出坦然自得的样子，因为他们清楚：在今天这个环境里，除了这对卖唱的夫妻之外，他们同样也是被人们注意的目标。

一曲未了，一个小贩把一张钞票递了过去。人们的注意力立刻集中到了这张沾满污垢的小纸片上。

随即有人喊："一块！"

卖唱的住了口，把小纸片装进衣袋，又到下一个货摊前唱了起来。

这个摊主大概是不愿人们长时间地注意她，马上从钱袋里挑了一张不大不小的递了过去。

又有人喊："两块！"

随着这对夫妻的位置移动，人群中不时有人喊：

"看！又是个两块！"

"五块！"

"哎呀！是十块！！"

开始有人对这对夫妻嫉妒起来："这一圈下来大约要有上百块钱呀！""真是挣钱的好办法！"

有人却不阴不阳地说："哼！挣钱也得要拉下脸！让你挣这钱，你干吗？"

马上有人看破世故似的接话道："什么脸不脸的，有些人只要赚钱，啥都干！"

又有人明白事理似的顶着话找碴儿说："你想赚钱还得有那本事呀！你那破噪子能唱吗？"

　　突然，有个小贩像被贼偷了一样地喊起来："哎呀！我上午就挣了十块钱，全都给他了！"

　　一边听唱又没拿钱的人则得意扬扬地说："人家今天都给你唱恭喜发财啦！你就等以后发财吧！"

　　我：无语。

1988 - 10 / 于寿光

山　情

　　山，算不上奇；水，算不上秀。村，不富裕；人，不漂亮。可你不能说这里不美！

　　山养活了这里的人，人装扮了这里的山。这里，山和人完全地糅在了一起：糅得那样执"迷"不悟，糅得那样完全彻底。

　　沂蒙山，沂蒙人。

　　你质朴、纯真、刚正、善良。你让我念念不忘！你让我久久痴迷！

在沂蒙山写生

"要饭的？"

红叶漫过了山头，火烧一样的红。

这一大片热情漾溢的美，惹得我这山外人好一阵子地激动。可留意那些山里人，对此却是一副习以为常的无动于衷。问及那些红树的名字，说："不知道书本儿上叫什么，此地儿叫它黄栌柴，这树既不结果儿，又不成材儿，只能烧火做饭。"再问："这么好看的东西怎舍得当柴烧？"答："这满山都是，有啥好看？！"

嗬！美，在这里竟是如此地奢侈！

山村的房舍依山傍水，随势而筑，穿插错落，扑朔迷离。院落里，收成的玉米、高粱、地瓜、山楂、柿子挂在树上、墙上，摊在地上、房上，它们明亮的色彩在灰土色的院落里闪耀。房舍内，没有任何不实用的装饰，没有任何虚荣的摆设，锅、碗、瓢、盆、坑、橱、箱、柜随遇而安，少了僵硬刻板，多了生动自然。这里，人与自然的关系是那样的协调！那样的平和！那样的自然而然！

顺着山村曲曲拐拐的石阶小巷，我不自觉挨门逐户地串了起来。登至山村高处，一位正在切山楂片的上年岁的大娘望着走进她家门的我，问："干啥来？"我忙答："大娘，我来你这儿拍几张照片。""什么？收山楂片儿？"我一听，知道大娘的耳朵有点背，于是拍拍身上的背包，放高声说："大娘，我是来这画画的！""什么？要饭的？"大娘这一问，着实地让我吃了一大惊。可是再看看自己这副德行，与要饭的又有什么不同呢？

是"要饭的"！我正是到这里来：要真！要善！要美！

大　嫂

路崖下的房舍在秋色中时隐时现。每家那平平的房顶都是一个收获的场院。每个收获的场院都是一幅多彩的画面。

突然，我眼前一亮，脚步停了下来。

这儿，太美了！美得简直有点儿"胡闹"！几个房顶场院高低相宜、错落有致地挨在了一起。柿子被一串儿一串儿地挂了起来，连成了黄黄的好几大片，就像座座金色的城楼。玉米被编成辫儿整齐有序地叠压堆积着，就像一个个金色的宝塔。白白的是瓜干，红红的是山楂。一个带绿头巾的大嫂正在房顶上忙碌着，更使这山村美景增添了一番迷人的风情和人意……

"大嫂，忙呢？你这里太好看了，什么都有！"我上前打着招呼。

"什么都有？可就是没有钱！"

我的心被突然触动了一下，竟一时无言以对……是啊！这里缺少的不是美景，而是富有！但是：那城里人虽然阔气，可阔气的氛围里却多了污染；这山里人虽然土气，可土气的环境里却充满了纯净。

当我要给大嫂画张画时，大嫂便不自然了起来："画啥来！从早上到现在脸都没洗，这袜子都没穿，画到画上还不丑死？你们城里那么多的大美人儿，来这山沟里画我这丑婆子干啥？"我说："那大美人儿让我画，我还不画哩！我就画你这朴朴实实的山里人。"大嫂没再拒绝，可仍然是一脸不情愿的别扭。

　　我突然觉得：山里人也是那样的爱美，这是一种不靠外表打扮的美，一种心里的美。

汉　子

　　村边，一个正在帮人盖房的汉子吸引了我，他那张长长的棱角分明的脸，显现着岩石般地坚强和刚毅。好一个典型的山里汉子!

　　我凑上前去试探着问："大哥，能不能配合一下，拍张照片? "

　　"不拍! "那汉子直截了当。

　　"拍张照片怕什么，又不会担误你多长时间。"我不愿放弃地说。

　　"不拍! "汉子还是那句话。

　　没办法，只好离开。

　　可不知咋的，这汉子越是不让拍，就对我越有吸引力。我转了一大圈后，又回到了那里。这次我决定来个突然袭击，既成事实看你咋办! 可没想到那汉子早有准备，当我突然端起相机时，他便狠狠地把脸转向了一边，我拍到的只是他的后脑勺儿。

　　我只好又走过去恳求道："我是画画的，想把你画到画里去。"

　　"你画画跟我啥相干，不拍! 不拍! "汉子手里挥动着盖房的砖头。

　　就在这时我举起了相机……

　　汉子则向我举起了砖头……

我按下了快门……

汉子把砖头向我虚晃了一下，然后狠狠地砸在了地上……

好烈性的汉子！

我喜欢这汉子刚正倔强的烈性，相信他如果在战争年代肯定是个英雄。我真希望他能理解：我的"冒犯"完全是善意的，我是真心地希望跟山里人做朋友。

大　爷

一位坐在山村石阶上的大爷老远就向我们打起了招呼。

当得知我的几位同伴是从北京来的时，便问道："既然是从北京来的，那我得考考你。你说说：北京到底有多少门？"

这一问倒把几个同伴给问住了，竟无人能答。

大爷得意起来："这你们可住瞎了北京了。"接着说快书似的背了起来："有：天安门、地安门、东安门、西安门、东直门、朝阳门、西直门、阜成

《大爷》/ 于新生 - 2011

门……共二十四门。"

嗬！这老大爷可真是不简单。

旁边儿的人说："大爷是去过北京见过世面的人，外面的事儿知道得可多啦。"

我说："外面的事儿我们现在不想知道，倒是非常想听听这山里的事儿。"

"这山里的事儿有啥说头儿？山上种上粮食、果树，靠天吃饭，好天好收，歹天歹收。再就是垒墙盖屋，生儿育女，年年如此！"

山里的事儿在大爷的眼里竟是如此的"简单"！ 可我知道这完全是一种对家园熟视无睹而又撕扯不断的依恋。我望着大爷那张布满皱纹、艰辛而苦涩的脸，这里边涵盖着多少勤劳和坚韧、苦痛和灾难、依恋和悲欢、想往和祈盼……

此刻，我想起了这样一句话：到过一天的地方可以说上一辈子，住过一辈子的地方一天也说不上。这"没啥说头儿"的沂蒙山，也许我要说上你一辈子。

大　娘

与同伴们在一道矮墙上坐了下来。对面是一座低矮的石屋，石屋前一道石墙夹着一个不大的柴门儿围成了一个小小的院落。

柴门儿响了一下，一位面目慈祥的大娘向外探出了半个身子。当看到我们手中拿着相机时，又很快地退了回去。过了一会儿，院子里传出了大娘的声音："我想跟你们说会话儿，可你们千万不兴给我照相！"我们不明白大娘为啥这么害怕照相，但我们尊重大娘的意见。

大娘走了出来，手里托着几个熟透的柿子。

大娘的柿子真甜！

大娘说："这是儿子送来的，看着你们吃，我心里舒坦。今年柿子收得少，贵得很，儿子只拿了几个过来。去年收得多，送来了一大提篮儿，我全拿给来这画画儿的学生们吃了。"原来，大娘仅有的几个柿子全给了我们。

问及大娘的生活，大娘说："今年八十五了，身板儿还好，现在自己过。有儿子，有女儿，只是我现在上了年岁儿，帮不了他们什么。他们现在都过得不错，只要儿女过得好，我就高兴。"

多么善良慈祥的老人！我真想为老人做点什么，于是掏出了一点儿带在身上不多的钱，对老人说："大娘，作为晚辈我想孝敬孝敬您，这点儿钱请您收下。"

《汉子》/ 于新生 - 2001

《大娘》/ 于新生 - 2001

　　大娘急了，死活不收："你们看不起大娘了，我现在过得很好，吃的有鱼有肉，什么都不缺。"

　　真是这样？我走进了大娘的房子，光线幽暗的石屋里仅有一套破旧的铺盖和简单的炊具，根本没有什么鱼肉的影子。好一个宁愿自己清苦，也不愿麻烦别人的大娘，这也许就是山里母亲们最为真实的写照：她们清苦，却从不说自己苦，或者说她们从来就不认为自己苦，因为这苦对她们来说，早就习以为常的了。

　　我把钱硬塞到大娘手里，转身就走，可大娘紧追几步，硬是把钱向我扔了过来。我望着大娘那充满慈爱的脸，觉得：金钱在这位沂蒙山母亲面前，真的算不上什么了。

　　走远了，我回过头去，大娘依然在矮墙边望着我们。

　　我心中一热，挥手高喊："大娘！我还会来看您的！"

　　就要离开沂蒙山了。小酒店里，我端起了酒杯向伙伴们提议："来！让我们为了沂蒙山！"大伙儿一饮而尽。我的鼻子有点儿发酸……

　　我知道，我已深深地爱上了你：沂蒙山。

2001 - 9 / 于沂蒙山

戈壁行

2001年5月赴甘肃写生采风。经酒泉、敦煌、嘉峪关等地，有感随记。

走石城

茫茫戈壁。

阳光蒸发着大地上剩余的水分，形成了湖泊似的一片片恍惚浮动的幻影。一簇一簇的红柳和骆驼草散落在戈壁上，生发出这里仅有的点点生机。

汽车的车辙留在了这里，像稀稀拉拉的几道蜘蛛丝，在空旷的戈壁滩上寂寞地交织。

远处，隐隐约约，断断续续，横卧的群山把大地与苍天缝合在了一起，广阔的视野里没有繁杂的干扰，现出了阴阳之间最坦然的直白和单纯……

没有水。水是戈壁的祈望，戈壁的梦。

没有村落。方圆几百公里内，人，只是这里匆匆的过客。

没有路。可到处都是路。

没有拥挤，没有人为的限制……好大的一片自由！

可是，人在这里的停留只是暂时的好奇，因为当你真正面对它时才会意识到自由地愉悦之后，剩下的竟是：孤独！无助！凄凉！恐怖！

石头城：一个大自然鬼斧神工的杰作，一个风沙居住的荒原"城市"。沙丘柔柔的身躯卧伏在矮矮的石山间，形成了这里刚与柔、动与静的对比。随风滚动的沙丘围伴着石山，就像一对对拥抱在荒原上的情侣，时而在烈日下相偎相依，时而又在风吹中撕扯分离。

峡谷两侧的山崖在这荒原"城市"里伫立着，是一座座岁月筑成的"建筑"；山崖谷底的流沙在这奇异"建筑"间平坦着，是一条条时光铺成的"街道"。

空空的，没有人在这"街道"上走动。风，在这里"穿街走巷"。

静静的，没有人在这"建筑"中居住。沙，在这里"敲门叩户"。

千姿百态的岩石裸露着被风沙吹打得千疮百孔的脸，向时光诉说着它们的磨难；已近干枯还在渴望点点水露的植物，向苍天伸着久久乞求的手……这里没有坚强，也没有怯懦，有的只是岁月的流逝。在此，一切坚强和怯懦的归宿都将是一样：万般无奈地被风沙凌迟，被岁月吞噬……

一小股清清的泉水从石缝里流了出来，形成了几个不大

的水洼。水，给这绝境注入了一丝生机。几只白白的羊儿围在了泉水边，顾盼悠闲，鸣声悦耳。两只骆驼也沿峡谷向水源走了过来，看着它们那从容不迫的样儿，真说不上是这里的主人还是客人。这里有生灵的存在！难道这里还会有人？四处望去，可始终没有看到羊和骆驼的主人。随行向导言：这一带可能有游牧的人，虽把羊放在这里，人却不一定在哪里。想来也是，没有人会情愿在此孤伶伶地生存，如果有，那一定也是个有关磨难的奇迹故事。不管怎样！能在这空荡荡的"石城"里看到生命，已是足够欣慰的了！

山峡里伫立着几棵胡杨。胡杨是戈壁特有的一种"神"树，有"一千年不死，死了一千年不倒，倒了一千年不烂"之誉。它是荒漠的希望，是戈壁的象征。我眼注视着，手触摸着，心问候着，对它肃然起敬。

奇特的是：胡杨小的时候似柳树，长大后却似杨树，这大概是因为风沙的磨砺让它产生的由柔弱到饱满的变化吧！据说待到深秋，树叶就会变得金黄金黄。那暖暖的色调在蓝天白云的衬托下，在这空旷的戈壁上，在这孤独的石城中，

将是怎样的一种美？我似乎完全能够想象。可惜，现在深秋未到。即使深秋，当胡杨树变得金黄的时候，这个还未被开发的地带是不是还会有人来到这里，看到这美丽，看到这坚强，看到这孤独，被它感染，为它激动，我不得而知。那时，胡杨展露出金黄色的美，它是否会因为这美没有人欣赏而失落？人是否会因为不能到此而错过了看到这美而遗憾？我也不得而知。我知道的是：深秋，我已身处万里之外，是注定看不到这美景了！只能在心里，在梦里，为戈壁胡杨祝福，期盼着与它的再次相逢……

踏山赏泉

鸣沙山横卧在敦煌城南五公里处，与石头城的冷清相比，这里热闹多了。熙熙攘攘的游客和载客的骆驼相拥相挤：山上人声嘈杂，山下驼队穿梭。

鸣沙山上

相传，古时这里曾是一片平坦的戈壁。有位将军带兵出征，在此勇拒强敌，终因寡不敌众全军覆没，积尸数万。一女神路过此地，不忍将士们暴尸荒野，就从她的香炉中抓出一撮香灰撒落下来，顿时沙岭起伏，遍地成丘，将士们的英魂在沙丘之下得到了安息。据说，山内有时还似传出军乐之声：鼓角鸣鸣，如泣如诉。

沙山上，细细柔柔的"五色沙"晶莹闪亮，聚作逶迤的峰峦，接为连绵的沙垄。垄脊如刃，人登之即鸣，故曰鸣沙山。知情人言：足印人迹经宿风吹，又辄复如初。

脱去鞋袜，沿垄脊上攀，带有阳光温热的细柔沙粒儿让脚感受着一种特别的柔情：温馨、平和、体贴入微。光线沿沙脊交界出明暗，缓缓地弯曲着、重叠着、交错着伸向天边。普天的青蓝映衬着盖地的黄沙，满目闪耀进了辉煌。

攀至沙垄高处，放眼环望，月牙泉就像镶嵌在黄锦般沙海中的一颗翠绿的明珠：碧波澄澈，清明如镜。泉四周沙岭环抱，流沙与泉共生，虽遇强风，但沙尘从不落入泉中。戈壁沙山之中水为至贵，但此泉不枯不竭，实为奇观。由此想起凡世中之高人，红尘中之贞女，洁好而不随俗，孤芳而不合流，本以为"近朱者赤、近墨者黑"，清高自赏者不以为信。今见有此境，不由不信之。人物一理，异质而同构，据以为证。

自山顶坐滑板平展双臂凭惯性下行，无人为体力之劳，无攀登艰辛之苦，费半天之时、尽全身之力所登之山，转眼便滑至山底，去得舒心自在。叹人生漫漫，苦心劳体的艰辛之事甚多，如此顺心轻松的自然之情则是甚少！

天黑了。人稀山冷，驼铃远逝。鸣沙山只剩了一个重重的轮廓，月牙泉似乎变得更加明亮了起来。仰观天上明月，俯望地上清泉，交互辉映，相得益彰。此时，情融融，意恍恍，真不知是在人间，还是天上……

三顾莫高窟

敦煌下起了雨。雨在大漠是宝贵的，可对出行人来说，却带来了意想不到的麻烦。

莫高窟，一个人类头脑幻想反映的物化形态，一个倾倒了所有艺术人的瑰丽形式，一个蕴藏丰富的历史宝库，一个令人叹为观止的荒漠奇迹，一个我多年想往的艺术殿堂。当雨中的三危山越来越近的时候，当鸣沙山东麓的断崖上出现了一排排相依相挨的石窟洞门的时候，我的心不由自主地跳了起来，似乎看到了我多年即将实现的梦。

可就因为这雨，售票口却偏偏贴了一张条子：由于天气原因，石窟暂不开放。这突然的变故虽然让人始料不及，但却丝毫没有削减我的兴致，它反而像奔腾的激流被关上了闸门一样，更加高涨了起来。

看不到窟里，就看窟外。伫立在宕泉河边，望着西岸布满石窟的断崖砾岩，想象着当年乐尊和尚看到三危山在夕阳下金光闪耀似乎万佛显现的情景，敦煌历史的影子开始在我的眼前幻化浮现：

也正是从那时开凿的第一个洞窟起，随后有那么多的王公贵族、大官小吏、富人商贾、平民百姓在这块人烟稀少的戈壁上修洞开窟，造佛图壁，历代延续，经久不衰……

也正是由于莫高窟地处河西走廊西端，镶接西域，古丝绸之路必经此地，东西文化艺术才得以融汇于此，从而形成了它特有的艺术风貌……

也正是此处少雨干燥的自然地理环境，加之地处偏远，不接城邑，历代战火和内地的毁佛之灾少有波及，才形成了它如此完整而丰富的石窟艺术……

我想象着开窟者艰辛的劳作……

我想象着造佛人虔诚的投入……

我想象着图壁者精心的描绘……

我想象着供养人慷慨解囊的付出…

人们为了虚幻的神灵，倾其资金和才智让虚幻变为现实，是人创造了神！可这由人创造的神，却成了创造者顶礼膜拜的心灵统制者！人应为此而悲哀，还是应为此而骄傲？

雨未停歇，窟门仍不开放。我又在敦煌艺术展馆的石窟复制品前磨磨蹭蹭地陶醉了半天，直至正午，才恋恋不舍地离开。

当得知莫高窟窟门开放的时候已近下午四点。忙驱车再来，石窟又因时间已晚而停止卖票。越想见越不得见，二顾莫高窟均未能如愿。想当年刘备求贤曾"三顾茅庐"，看来此次欲进莫高窟也非有三顾不可了。

第二天一大早，晴朗的天。第三次前往才总算进了莫高窟，可也并未见到莫高窟的全部面容，由于开放限制，我们在导游的引导下，只能看到其中的10个窟。据资料：莫高窟保存历代石窟492个，其中造像3390尊，壁画45000多平方米。仅壁画一项，如果一字儿排开可近百里，而现在对外开放的仅仅是总数的1/50。莫高窟，现已蒙上了神秘的面纱，向外展露得只是那面纱撩起的一角，人们已不能完整地去看到它了。

　　想当年，莫高窟还在这地广人稀的大漠中默默无闻的时候：沙俄逃亡的兵士可以在窟中烧火做饭，随意涂抹；斯坦因、伯希和之类可以廉价买走藏经洞珍贵的文献文物，揭走洞窟的壁画，搬走精美的造像；王道士之流可以将莫高窟文献文物出卖，并将早期洞窟改头换面而美其名"功德无量"；张大千们可以以研究艺术为名，按照自己的兴趣随意地刮掉毁坏壁画，而无人过问……那时，我们有没有去想过它的价值？相反，真正对它的价值认识却是从那些外国"探险者"对莫高窟文物的掠夺中才逐渐开始的。咳！当别人拿走了你的东西才觉得它的珍贵，这不能不说是一种可悲的无知了。更为可悲的是：外人拿走的东西还被很好地研究保管了起来，作为人类的财富我们还可以寻到它们的存在，可是被王道士之辈改头换面的造像，被张大千们刮掉毁坏的壁画，我们现在已是永远也看不到了。难道自己所创造的财富，却要别人来发现它的价值？我们就不觉得造成如此悲剧的不正是无知的自己吗！

　　请看从有关资料中节录的世界各国藏敦煌文献文物的一

组数字：

　　英国图书馆东方写本部：11297件，名称：不详。

　　巴黎国立图书馆：6000余件。名称：不详。

　　圣彼得堡东方学研究所：12000件。另有黑城文献9000件。名称：不祥。

　　……

　　中国流失在外的各种文物何止这些！可我们存藏的国外文物又有多少呢？唉！历来都是外人从我们这里拿走东西，我们从没想过去拿外人的东西。反而是：假如真是拿了外人的东西作为宝贝，是否会有"崇洋媚外"之嫌呢？

　　此一时，彼一时也！莫高窟，你现在尊贵了，可一般人却难以看到你的全貌了！

漫道雄关

　　敦煌向东，长长的河西走廊。古老的烽火台一座接一座地伫立在荒原上。连绵不断的祁连山像一条横卧戈壁的长

龙，成了一道隔断南北的天然屏障。群山之巅白白的雪峰龙鳍一样竖立着，衬显出戈壁的雄奇和苍凉。

这里有霍去病马踏匈奴的喧腾尘嚣，有汉武帝犒赏三军的涌涌酒泉，有传教僧侣艰辛跋涉的足迹，有西域商贾长路漫漫的驼铃，有友好往来，有烽火连天……

这里是东西文化交流的纽带，这里是御敌拒寇的险关。

嘉峪关，西部长城最雄伟壮美的关隘。当年，西域古道东西来往，通关出入，必经于此。祁连山下的文殊山和黑山就像漫漫古道上的两扇大门，一下子把宽宽的嘉峪塬收拢了起来，而嘉峪关则像这两扇大门上的一把大锁，牢牢地卡在了这漫漫古道上。这里的内城、瓮城、罗城、外城环环相扣，层层设防，与附近的城墙、城台、烽燧等一并构成了严密的军事防御体系。据守此关，万夫莫开。

进关城之内，天突然变小了，这在天广地阔的茫茫戈壁上是少有的一种感觉：是自由到限制的转换，是放纵到服从的收敛，是浪漫到沉静的思索，是漫漫长路到停车靠店的祈盼。登上嘉峪关高高的城楼，一切又变得豁然开朗：荒原广阔，一马平川，茫茫戈壁和祁连雪山尽收眼底。阳光下，长城像一条金色的带子，蜿蜒在戈壁之上，连接于群山之间。

西望古道，渺无一人，路迹已失。以往涌动的驼队、来往的商贾、戍边的兵士、升腾的狼烟，早已同这漫漫古道一样，成了遥远的过去。

可这古道上的嘉峪关，却雄风依然。

2001 - 5 / 于甘肃酒泉

拜会张仃

1996年春，人民美术出版社的刘龙庭先生托人给我捎信说：看过我的一些作品，觉得不错，如有机会到北京，去他那里聊聊。

正赶上去北京有事，就准备了一些作品照片和几张带起来方便的作品，如约前往。

我是人美的老作者，80年代就给人美画过年画和连环画，有几位编辑比较熟悉，在他们的引导下，我找到了刘先生。

虽跟刘先生从未谋面，但说起来是同乡，加上刘先生开朗健谈，我们自然谈得来。看了我的作品后他提议：你的画最好让张仃先生看一下，对于传统的、民间的、现代的多种艺术风格张先生均有研究，如果你能听一下张先生对你作品的意见，一定会受益良多。刘先生还特意为我写了一封推介信，并告诉了我张先生家的住址和电话。

张仃先生是受美术界敬重的老画家，他不仅是国徽设计的参与者，其创作的动画片《哪吒闹海》和首都机场壁画也早已是蜚声海内外，现在他潜心研究的焦墨山水更是独树一帜。能拜会张先生自然是我一大幸事。

回到住处，拨通了张仃先生的电话，对面传来录音电话请客人留言的声音，我有点不知所措，因为我跟张仃先生从来没见过面，唐突留言真不知该说些什么，只好放下电话。

我想，张仃先生大概是外出了，也许很快就会回来。于是，我在北京的几天里每天都要往张先生家挂一个电话，可总是没人应答。我有点疑惑，这会不会是张先生闭门谢客的一种方式？又不好贸然前去，在办完其他事之后，我只好带着遗憾回到了山东。

可这事我却一直放不下，回来后就给张仃先生写了一封信，连同我的画册和刘龙庭先生的信一块寄了过去。几个月过去了，音信全无。

又过了一段时间，我再去京办事，又产生了拜会张仃先生的念头。我抱着碰碰运气的想法拨了张先生的电话。对方传来了问话的声音，我不觉一阵激动和高兴……接电话的是张仃先生的夫人，我大致说了一下想拜会张先生的愿望和事情的经过。张夫人说："那一段时间我们去了南方，不在家，至于你的来信我们从来没有收到过，这几天张先生事情都排满了，非常忙，你是不是下个星期来？"我一听，遗憾地说："我已经订了明天下午五点回山东的车票，如果是这样，看来只有下次来北京再拜会张先生了。"张夫人听后，停了一下说："这样吧，你就明天下午过来，我让张先生抽时间见你。"

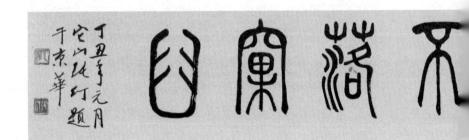

　　第二天下午，我早早收拾了一下作品、资料等，乘出租车赶往张先生住处。先生的住处离我住的宾馆较远，等我找到先生的家，已接近了约定的时间。

　　敲响了张仃先生家的门，报了姓名，开门的是张夫人。

　　张先生的房子不大，摆设也不复杂，与我想象中大画家家居的豪华气派有很大距离。张夫人对我说："张先生正在会见来访的客人，请在活动间等一下。"活动间与张先生的会客厅是通连的，会客厅里的情况看得很清楚。柔和的光线下，我看到了张先生那张熟悉但又未曾见过的面容，他和善的表情很平静，完全白了的头发和胡须在稍显幽暗的房间里显得特别响亮。拜访者是一男一女，男的一身戎装，据张夫人说他早就与张仃先生相识。女的很年轻，是某画院画山水的一位画家，是那男的带她来拜见张先生的。张先生正给那女的看画，看得很认真，根本没注意新来的客人。我扫了一眼女士的画，实在是平平无奇。只听张先生对那女士说："你的画还应该好好下一番苦功，现在还没有形成自己的风格，对传统的继承也不够，要多练一练书法，许多画家对书法不注意，现在我从书法中体会到了很多。"

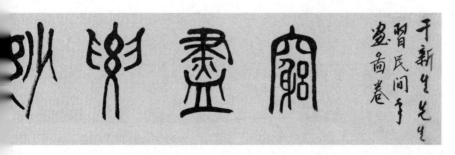

张仃先生为于新生《中国古代寓言》题词

　　过了一会儿，那男的提议说："是不是请张仃先生一起拍张照片。"这个提议马上遭到了张夫人的拒绝，张夫人说："先生除了跟他的友人和学生合影之外，其他人都不行。过去就有人借同张先生的合影，说是张先生的徒弟、朋友到处招摇撞骗。因而，一般情况下张先生不同不熟悉的人合影。"

　　那两人把画收拾起来，告辞走了。

　　我到会客室向张先生问了好，说了一下刘龙庭先生的介绍经过，随后把一摞作品照片递到张先生面前。张先生开始一张一张地看起来，我在一边介绍着，张先生却是一声不吭，只是认真地看，看了大约十来幅，当我介绍到吸收贵州苗族刺绣画的《岁始舞乐图》时，他突然抬起头来对夫人说："你看，这是吸收苗族刺绣的作品，很漂亮！"说着把照片递了过去，张夫人看了也连声赞赏。张先生开始询问起画的制作材料和绘制过程，我一一作了介绍。看完照片后，我又让张先生看了我带去的几件原作，他看后忽然回过头，对我说："你说前些日子寄来的信和画册我肯定是没有收到，如果收

张仃先生为于新生画展题词

到一定会有印象，你重新记一下地址，以免再搞错。"张夫人把地址跟我说了。果然，原来发信的地址有误。

画看完后，我等待张先生给我的画提出建议，他把画的照片又拿过去看了一遍，却什么也没说。于是我禁不住地请教道："请问张先生，我的画今后该怎样画？请您指教。"张先生回答说："就这样画！很好！你接触吸收的东西很多，已经找到了自己的路子。"

我突然想起我的包里还放着我画的《中国古代寓言》长卷和《玉皇王母线描》长卷，就拿了出来，在张先生的客厅里摆了长长的一溜。张先生蹲下身子看了好久，我试探着问："能不能请张先生为长卷题个词？"张先生痛快地说："好！你给我留下尺寸和通讯地址，我写完后给你寄去。"这时我真想再提一个要求，就是同张先生合影留个纪念，可是我犹豫了几次始终没能说出口，因为张夫人已向之前那两人表明了对这件事的态度。

时间过得真快，不觉就接近了该赶车的时间，我只好匆匆告辞。张夫人热情地把我送到门口说："以后再来请提前给我打电话，我好安排张先生见你。"

我催促出租车司机快速地驶向火车站。刚坐上车，车便开动了。打开车窗，风吹了进来，好一阵凉爽舒畅。

回来的第五天，我收到了张夫人寄来的张仃先生题词。那题词是：穷尽要妙，不落巢臼。

1999年，我在济南举办画展。又收到了张先生专为画展寄来的题词：朴鲁疏狂，得意忘象。

女　儿

我无姐无妹，就兄弟三个。小时候总是听母亲对人唠叨："男孩子从来不让大人省心，就盼望有个女孩儿。"也许是由于母亲盼女心切的缘故，到我这一辈儿的时候，却来了个彻底地"改朝换代"。当我为我们兄弟三个的第四个女儿画上句号时，母亲望着清一色的孙女们哭笑不得地说："我这辈子盼女儿，来了三个儿子。现在我盼孙子了，却来了一大堆的孙女……"

心里，我也一直盼望自己的后代是个男孩儿，这并非是因为传宗接代的传统观念，而是认为女孩子娇气懦弱，天生没出息，男人才是真正干大事的人。可不管心里怎样想，对于现在已既成事实的这仅有的一个孩子，所唯一投入的就是全心全意的爱。但还是希望：我的后代，将来能是一个坚强而有出息的人。

女儿聪明伶俐，她似乎自小就读懂了我脸上对她的期望，从不娇情淘气，有一股女孩儿少有的坚忍劲儿。

记得她还在育儿车里的时候，车子翻了，手指甲从娇嫩的小手上揭了下来。我赶忙跑了过去，抱起她，看着她那血淋淋的手心疼地说："好孩子，坚强点儿，别哭！"她用泪汪汪的眼睛望着我，闭上了小嘴，把哭声咽了下去……

到了两岁半的时候，我带她到菏泽参加一个画展颁奖活动，没想到去了之后，她就发起了高烧。到医院打针，我对她说："好孩子不怕疼，打上针就好了。"女儿咬着牙竟然一声没吭。护士惊奇地说："这孩子行！我还从来没见过这么大的孩子打针不哭的。"

女儿与布娃娃

我觉得：女儿这股劲儿有点儿儿子的味道了。

怎样培养孩子的爱好和兴趣？我和孩子的妈妈有两种不同的看法。我认为：人的精力有限，做事要专一，将来一样有成就已不容易，不必学得太杂。孩子的妈妈认为：孩子从小要接触多种知识，全面发展。从心理上谁都说服不了谁，可从形式上最后让步的还是我。于是女儿学了绘画、舞蹈、电子琴……

女儿的绘画老师自然是由我担当。教儿童学画，主要是启发孩子的想象力，于是我的着力点在于引导，不用僵死的教条加以限制。有一次，女儿在幼儿园里画了一幅阿姨教孩子们弹琴的画，她把阿姨对面的孩子竟倒着画在了画上。我问："为什么把小朋友们倒着画？"女儿说："小朋友看老师是正着，在老师那边看小朋友也应该是正着，这样你去看画在画上小朋友的时就是倒着的了。"我非常吃惊，这不正是绘画中表现不同时间和不同视点的四维空间的表现方法吗？于是对这件作品大加赞赏，给予充分肯定。后来，女儿的这幅画入选并获得了《中日儿童美术日记大赛》二等奖。1993年女儿又因作品《观花灯》被评为山东省"十佳小画家"。

学舞蹈和电子琴的课外督导自然是孩子的妈妈。成绩也不错：连获小学、初中舞蹈比赛一等奖。

此外，我觉得除了关心孩子的学习外，还要注意培养孩子知难而进的个性人格。

母亲住在老家寿光，从潍坊去寿光看母亲有八十余里，以往回家都是坐车。有一次，我挑战似的问女儿："这次回寿光看奶奶敢不敢骑车去？"女儿说："这有什么不敢的？就让咱们来赛一赛！"

路上，女儿一马当先，把她的老爸抛在了后面……

到家后，我问女儿："怎么样？累不累？"女儿一脸战胜困难后的满足："累倒是有点儿，但是只要坚持下来就是胜利，我证明了自己！我是胜利者！"我望着年幼的女儿，满心地高兴。

女儿长大了起来。我觉得出：她越来越有了一些自己的想法，喜欢凭兴趣去干自己的事，对我的要求也有了自己的应对方式。这让我心中有些不安，总是担心她自己的想法会犯错。可孩子是要长大的，她最后总要靠自己去面对人生和社会，由此，我也不得不随之改变和调整我的教子方式，逐渐由指教变成了引导。

女儿的学习成绩总体还是不错的，上初中后，虽然很少进入前几名，却一直在五至十名间打转儿。我也认为学习并非一定要第一，主要是看孩子多方面的综合发展，不能把孩子弄成书呆子。又见孩子每天学习认真，觉得保持这样的学习成绩也就可以了。

可是到了初中三年级进入临近中考的摹拟考试，女儿的成绩却一下降到了十多名以后。没想到在这关键时刻女儿竟是这

《父女俩》/ 于新生 - 2016

么不争气！我发了火。女儿哭了，从来没有过地伤心。冷静下来，我知道发火是没有用的，此事很重要的原因是家长没有做到及时地督导。于是，我同女儿坐下来谈问题，找原因。

女儿说："这次考试没考好，主要是思想上大意，没有足够地去重视，觉得按以往的成绩考高中没问题，学习没抓紧，别人努力了成绩上去了，我却成绩下降了。"

此时，我深知家长的态度对孩子情绪的影响至关重要：既要起到督促作用，又不能给孩子造成惧怕考试的紧张情绪。我对女儿说："爸爸也有责任，没有及时地提醒你，态度也不够冷静，我应该向你检讨。爸爸相信你是最棒的，但是成功的基础只能是勤奋，你现在还算不上天才，可勤奋和努力会使你成为天才。人生能有几回搏？就像体育运动员，多少年的努力归结到最后，就是那块沉甸甸的金牌。升高中是你人生中的一个台阶，爸爸相信你一定会努力迈上这个台阶的！你知道，爸爸晚上爱看电视，可从今天起爸爸不再看电视了，同你一起学习、画画，直到你考上高中，否则，爸爸将不再看电视……"

女儿的情绪被调动了起来，每晚学到深夜。我便为女儿找资料，做饭，调剂饮食……

中考结束了，女儿顺利地升入高中，全家为此举行了庆贺家宴。家宴上还有一个重要的内容，那就是家庭的电视重新开播仪式。

随着年龄的增长和知识的增加，女儿变得越来越成熟也越有主见了，可我觉得我的教子路却是越来越难了……

"喜"临门

工作室南侧，有一扇塑钢毛玻璃门通向室外的一个小型平台。平台外墙上装了空调外机，周围置了防盗护栏，由楼下观之，似一鸟笼。寻常之日，我便开此门换气观景，或立于其中体会"笼中鸟"之态。

外出月余未在，此门也就因而未开。近日归来，欲开此门，忽发现室外有一大片黑影现于门的毛玻璃上，惊奇之下慌忙停手。近而观察，似一鸟窝，并见其上有长尾鸟影晃动，再开侧室窗户探身观之，嗬！竟然是一巨大的喜鹊窝落于平台之上。此窝集树枝三堆：一堆集在门与空调外机夹缝之间，是鸟栖之窝；另一堆集在该窝之上的防盗铁栏，并有土泥填塞于枝草空隙之间，应是为其下鸟窝做遮风避雨之用；再一堆集在鸟窝之下平台之上，是搭窝备用之物。此窝功用及结构合理，可见鸟儿聪明！只是我家平台却成了柴草堆，不时有喜鹊喳喳啼鸣，飞来飞去，鸟儿将我家当成它家了。

家门有客来居，不亦乐乎！更该以礼相待。但却也因此比平日多了些心事，以致在工作室中总是难以静待。不时便好奇起身，蹑手蹑脚地近前观望鸟窝动静，贴门听窝中是否有雏鸟之声，待母鸟飞来屏息隔门观望，见鸟影现于毛玻璃之上，展翅翘尾，顾首跳跃，如皮影之戏，心中很是快意。鸟儿离开，又开侧窗投放些食物，等鸟归来食，遂蔽身观之，如观己子之悦。再按捺不住，干脆开窗而望，鸟儿见了，便马上飞来鸟窝周围，向我喳叫不绝，似是抗议我侵入了它的领地，其"义正词严"之态不得不让我赶快缩身关窗，退避三舍。想来，如是有人将吾家居为他家，肯定怒然，但此是鸟儿，反不怒而喜，就该当别论了。有鸟为伴，平添了不少乐趣，只是鸟窝堵了室门，如再开此门，鸟窝必毁。于是决定：只要鸟不弃此巢，该门便不再开启，平台就干脆送于鸟儿为家了。

此事告于友人，引来众声道贺：喜鹊门前坐窝，"喜临门"之象！我对吉祥之兆没有研究，因而也不去轻信，但对"鸟择良木而栖"之说却以为有理。鸟儿筑巢，必先观察是否安全有利才会决定栖身之地。鸟来我家，前也有之，记得有年在济南画室，曾有一只锦鸡落于画室窗台，我打开纱窗，与鸟相距竟近在咫尺，可它对我似并不惧怕，与我相处足有两个时辰，喂其以水食，饱食后才行飞去。此后我曾多次向窗外观望，希望此鸟还会飞来，但终未见鸟归，只好断了念想。来即有缘，去则缘尽，事情如此！人情如此！

今又有喜鹊临门筑巢，看来鸟与我有缘。鸟有灵性，住入我家必定认为此地是良善人家，不会对其行伤害之事，故择居于此。鸟能知我，与我为伴，我心甚慰。不图谐言吉兆，不图为善回报，亦是喜事临门了。善哉！善哉！

2013 - 5 / 于北京工作室

看得感 KANDEGAN

《乘车》/ 于新生 - 2016

坐客车

我这种身份的人出门，根据情况有三种方式：近的，步行；稍远的，骑自行车；再远的，坐客车。

今天要出再远的门，自然还是坐客车。

上车刚坐下，无意中向前瞟了一眼，咦！在车前端坐着的，那不是我朋友的弟弟吗？虽然我们接触不多，但互相认识还是没有问题的。

记得有一次朋友带着他找我办事，介绍说："我弟弟现在包了一辆长途客车，以后出门如坐上他的车，免票！"朋友弟弟接上说："那是当然！必须的！"我却认真地说："做生意不容易，坐车就该拿钱买票，哪能免票？"

这不，还真的坐上了他的车。

朋友的弟弟向我瞟了一眼，我正要打招呼，他的头却立刻转向了一边。

怎么？这么快他就不认识我了？可这种不认识显得是那样地尴尬。

"买票！"朋友的弟弟站到了我的身边，生硬地吐出了两个字。他那不太自然的脸依然转向一边，只是向我伸出了手。当然，这只手要求的不是握手，而是钱。

说实在话，我这人从不愿欠人的情，就是他"认识"我，免我的票，我也一定会坚持买票的。

民间剪纸《坐车》

　　票价是六块，我拿出了一个"整张"，递到他手上，真想说一声：别找了。可我却忍住没说，此刻，还是"不认识"的好！

　　卖完票，朋友的弟弟又坐回了原处，他的脸还是转向一边，直到停车到站，再也没转过来。

　　唉！何必为了这几元钱的车票去找这种难受？可我又想：假如他"认识"我，就不好意思让我买票，这样一来他少挣了钱，一定会更难受。

　　虽然这"不认识"别扭，但想来却也合理：先是，怪我这种出门坐客车的人身份太低，还不够人家想认识的层次；再是，你帮人办的事已办完了，人家不再用你了，认识你干吗？如此，难道世上就有人是为了钱而活着？是为了利用而认识？我想大概是这样，如果不是这样，怎么会认钱、认利，不认人？！

1989 - 5 / 于寿光

一个人的中秋

一个人过中秋，在我这个过了四个本命年的人来说，还是第一次。去年我由外地调入济南，今年女儿考上大学去了北京，老婆现仍留外地，又都赶上因工作或学业无遐相聚。无奈，这中秋之日，一家三口也只能是"天涯共此时"了。

中秋，该是阖家团圆的日子。我这个平时不恋家的人，此刻也不免有了一种平时少有的惆怅：想家。这感觉竟使我心神不定，无所适从……

朋友们接二连三地发来了问候的信息，让我想到了周围的朋友们，是否该去找朋友一聚？可再一想，今天都是家人团聚，人家怎么能顾得上我这外人呢？即使顾得上，我也不能去打扰别人的团聚呀！看来，一个人过中秋，已是迫不得已的事了。

爬山赏月去。

出门，住处后面就是山。山前有两条路：一条通向山顶，我曾走过；一条在路面上用白漆写了"此路不通"四字，去处不明，我从没走过。今天就走这个"此路不通"！我说不清为什么就做了这样的选择。

山路静静的，渺无人迹，这夜似乎是我一个人的。路旁的树木隐去了色彩，山风吹过，树丛摇动得索索作响，就像熟睡的人在不觉中发出的喘息。远望去，山下的灯火在迷蒙中阑珊闪烁，那里是一个个正在欢聚的家。似乎只有这条山路在孤独着，在宁静着。此刻，谁也不会顾及，谁也不想顾及，有人正在这山路上，感受着这孤独，感受着这宁静……

月亮升起来了，清辉照在了山上、树上、路上、我身上，通透到了心上，它一定也照到了我的故乡、亲人、朋友和我挂念的人。以往的中秋我从来没有认真地赏过月，那大概是有人为伴的缘故吧！可今天我唯一为伴的，只有月亮了！我望着明月，似乎在打量着一个每天擦肩而过又从未仔细打量过的姑娘，她今天竟是这样地清纯、美丽……

不知道从什么时候起，古人赋予了明月那么多的内涵：是生育万物的母亲，是让人思慕的恋人，是出家在外的游子……可它更是一种象征，一个寄托，一缕相思，一片期望……那象征就是美满团圆，那寄托就是事事如意，那相思就是恩爱永远，那期望就是事业成功……一轮明月牵系了多少人的情和意！它挂在了清澈的天上，挂在了人的心上，被所有的人共同拥有。特别是在今天，在今夜，月亮是最圆的，最亮的。

"举头望明月，低头思故乡"，"人有悲欢离合，月有阴晴圆缺，此事古难全，但愿人长久，千里共婵娟"……我不自觉地吟诵出了古人的绝唱，咀嚼着，品味着，似乎从来没有过今天这样的共鸣和感动，我的吟诵带着颤音，泪挂在了脸上，我不愿擦去它，任凭它在月光下晶莹……

绕山半圈，大路断了，竟然路旁另有崎岖小道也能通向山顶，真是"天无绝人之路"呀！我庆幸走了这条路。今夜，这路是属于我一个人的。

往高处走，向着月亮攀登，可月亮却总是拉不远也靠不近。我明白：那可望而不可即的明月，只能闪烁在人的心中，是一种向往，是一种梦幻，是一种思念，是一种牵引。越向高处：天空更大了，月亮更明了，心境更清澈了。

山上传来噪杂的人声，赏月的人群挤满了山顶。那些人中，有吃完团圆饭来爬山赏月的家庭，有离家在外的学子，有相依相偎的恋人……他们或三五结群，或成双成对。唯有我无人为伴，独自一人。

孤独是一种美，是一种境界。只有孤独才有思念，念能系情；只有孤独才有宁静，宁静致远；只有孤独才有深思，思能悟道；只有孤独才有清心，心清无为。

回了！离山辞月，去我那一个人的窝。

将月饼置于茶几中心，周围加几盘小菜，然后息灯开窗，放月光进来。脱去了衣服，打开一瓶酒……这可是我第一次一个人喝酒，更是第一次脱光了衣服喝酒。一口酒咽下，不觉脱口高叫：痛快！再进一口，又呼：真是痛快！可不觉话音落处，这酒竟顶得鼻眼发酸，再进一口时已是语不能出，泪眼模糊……

叹人生会有那么多的无奈，叹人到中年还要经受这不得已的分离，可"人在江湖，身不由己"啊！这"独酌无相亲"的感受又怎能不百感交集？来吧！"举杯邀明月，对影成三人"。可与我对酌的绝不仅仅是月亮和影子，在绵绵思绪中还有我思念的故乡和让我牵挂的人……

2004 年中秋节 / 于济南千佛山下

京华艺室赋^①

戊子之秋，京华艺室初成。

南向紫禁皇城：跨天安之门通帝殿皇榻，观奇珍异宝瞻景山峰屏。亚奥之村鸟聚为巢，竞技之馆水立成方。天通仙苑^②之境，地连铁龙之桥^③。鹊啼晴园^④，果禾溢香翠树成荫；雁鸣碧空，云霞浮彩丹山为阳^⑤。

北望汤山^⑥仙峰：入香堂宝刹^⑦醒鼎炉香客，走田园风景览溪水流光。平西王府庶民为居，蓬莱之境^⑧七仙成家^⑨。天降西湖之村^⑩，地出名流佳苑^⑪。日照彩石^⑫，梅兰^⑬弄姿佳丽成云；月浸清台^⑭，竹菊^⑮簇拥高朋满座。

是时众友来贺，雅集于此，铺案展纸，特作此图并跋文为记。

2008 - 10 / 于北京艺术工作室

---

①该文为《秋山会友图》所作跋记。②天通苑。③地铁地上高架桥。④艺室前为田园之景。⑤被晚霞映照的远山。⑥小汤山。⑦香堂圣恩禅寺。⑧蓬莱公寓。⑨北七家镇。⑩西湖新村。⑪名流花园。⑫工作室露天平台上的彩石池。⑬梅苑与兰苑。⑭工作室露天平台。⑮竹苑与菊苑。

北京艺术工作室

花儿自开（之一）

　　北京艺术工作室平台上植了几株草卉，不求名贵，只图来点儿野气生机。有带刺的蔷薇、开花的草和不怎么开花的草。在京时每日晨起，就去平台吸点新鲜空气，给草卉浇

《阳台花儿开》/ 于新生 - 1992

点水。偶见其又出新枝了，又开花了，总以为是自己培育所至，心中好美。

时间久了，与花对语，赏心悦目，竟似好友。

草卉边常生出一些杂草、苦菜、马齿苋之类，把杂草除去，却将苦菜和马齿苋留了下来。此二物少时常食，睹物生情，故不忍除去。时日不多，这留下来的马齿苋竟长成了一片，将其割采下来，洗净后用开水烫了，加点蒜泥麻汁，那味道胜过大宴美味，更比去菜市买的强多了。只是苦菜少，拔后恐其不能再生，就不忍食之，想留点种儿，任其生长。苦菜根苦、叶苦、命也苦。她没人养，也没人疼，只是遍天涯地流浪漂泊，她想有个家，不求气派，不图奢华，哪怕就一点儿容身的地方……她生命力极强，只要有生命存在，就能找到她的影子……

过冬，平台上的草卉落叶枯萎了，苦菜、马齿苋也没了踪影。像好友离去，心情甚失落。

冬过春又来，我也好久没来京了，可总时常惦着平台上的那些草卉：是否发芽了？长叶了？开花了？你没人管还行吗？

当打开平台的门，没想到草卉竟辉煌成了一片。花开了：白的，红的、紫的、黄的……尤其是草卉边竟长出了成丛成簇的苦菜，她也开花了，那么繁茂，那么靓丽，我没见过这么好看的苦菜花，她原来是这么美……

没有人浇水，也没有人欣赏，草卉就凭天上降下的点点甘露在这封闭的平台上自开自放。我明白了：花儿自开，你不为谁而生，你不为谁而美，我不是你主人，你属于自己。

2010 - 5 - 25 / 于北京艺术工作室

花儿自开^{（之二）}

又来北京艺术工作室了，先去平台看我平时惦念着的那些草卉。

几棵蔷薇生命力极强，不用主人照管就将花儿自开自放，虽开花盛期已过，仍风采依然。只是去年长得茂盛的苦菜和马齿苋今年却没有了踪影，大概是它们因落户此处无

民间剪纸《花儿开》

人照管不得已而离去的吧！唉！花草也通人性："人各有志"！"识时务者为俊杰"！它们去找新家了……

奇的是今年这里多了一个新成员：牵牛花。它爬满了平台外沿的铁篱笆，爬上了房后的铁窗，越过了楼顶的堰墙。缠在铁窗上的几朵花儿尤是艳丽可人，它们向屋里摇首顾盼，像是在长久地等待后终于看到了自己的主人，笑脸儿绽放出了欢悦的花蕊儿。更多的牵牛和蔷薇纠缠在了一起：缠得纵横交错，缠得亲密无间，缠得依依不舍。它们是相亲相爱的"恋人"？还是相互利用的"朋友"？是！也许不是！

生命总希望有一个生死相依的伴侣，但岁月荏苒中却没有预知的相逢和归附：也许遇到了，也许错过了，也许遇到的是你不想遇到的，也许遇到的是无可奈何不得不去面对的……你想挽留，她却走了；你想离去，却又撕扯不开……其实，生命中跟你不离不弃的伴侣永远是自己的心：困苦时让你微笑，伤痛时给你慰藉，烦躁时让你静思，迷茫时给你希望……人生最应该懂得：要善待呵护自己，自己别伤自己的心，让心总是盈上一抹微笑，伴你在世态炎凉中面对生命的阴晴风雨、苦辣酸甜。

阳光下，牵牛花开得鲜紫鲜紫，又是一种清新靓丽的美。

你来我处，即是有缘！有的离去，有的到来。自然如此，人情如此！

花儿自开，你不为谁而生，你不为谁而美，我不是你主人，你属于自己。

2011 - 9 - 4 / 于北京艺术工作室

花儿自开（之三）

　　近常来京，这边的工作室就待得多了些，自然和平台上花儿见面的时间也比以往多了许多。想起以前很少有机会照管它们，心中就老是愧疚，忍不住总想为它们多做些什么，除时常浇水外，还把一些枯叶埋于花儿根部，希望能变成有机肥让它们长得更快、更壮、更好。可意想不到的竟是事与愿违，过了一阵儿就发现蔷薇的叶子开始变黄，其他草卉的叶子也开始枯边了。我才恍然大悟：这一定是埋在根部的那些枯叶给害的！枯叶变成肥料要有一个腐烂发酵的过程，并会产生一定的热量，草卉的根每天在这发热的环境中煎熬，

民间彩印包袱《繁花似锦》

哪能不被烧坏？看来无知的关爱比漠不关心还要有害得多，"拔苗助长"的心态更是要不得！

花儿病了，我的心情也低落了起来，希望它们能缓过来。

离京出发，一连数十天没见到它们。待回来先去平台看望花儿，我惊奇地看到：花儿又开了，是那几墩叫不上名儿的花儿，花儿是白色的，十几枝花箭挂着花蕾和花朵从叶丛中窜了出来，错落有致地在阳光下仰起脸儿朝着我笑，像是完成了一个我交付给它们的使命。蔷薇又生出了新芽，柔柔地长满了枝条。墙边的几个空花盆里也出人意料地长出了茂盛的野草卉，出落得竟像是人有意栽植的。

花儿缓过来了，是它们顽强的生命力和对环境的适应力让它们活了过来。平台又充满了生机。

世上万物都有适合自己的生存方式，"喜爱"把物类的关系拉近并联系在一起。可你喜欢它，爱它，但却不要用你的意志去干扰它，更不能用你自以为是的爱心去伤害它，应让它按自己适合的方式去生存。这也许才是真爱，才合自然之理！

花儿开着，笑着，似乎从来就没有经过什么苦难：没有心灰意冷的抱怨，没有自暴自弃的失望……苦难过去，它依然生着，活着，依然开着，笑着，依然自然而然，笑颜坦然，生机盎然。"米芾拜石"是感叹自然造化之神奇，这花开之态又何尝不是感悟人生之师呢？

花儿自开，你不为谁而生，你不为谁而美，我不是你主人，你属于自己。

2012 - 8 - 23 / 于北京艺术工作室

《来与去》／于新生·二〇一一

死神来过

第一次看到自己清晰的胸肋骨CT影像，可没想它竟是如此地支离破碎：第二到第八后肋骨连续性中断，部分断端错位，第六肋骨前外侧也见断裂，除明显的八处骨断裂外，左下肺创伤性湿肺，左侧胸腔存有积液。

这一成果来自于尼泊尔境内的一辆大型客车从我背后的猛然撞击。

2010年2月15日，是山东画家赴尼泊尔考察团旅行的第六天。大家刚经历了其塔旺原始森林的奇特探险和博卡拉费娃湖的悠然泛舟，在乡间田畔，在山脚水边，同伴们一呼俱呼，一跃俱跃，这帮人！就是一个不起眼的旮旯也能玩得高兴出个花儿来。这天的目的地是加德满都，由博卡拉到加德满都大约需要7个小时的车程。途径一个不太起眼的小镇，距加德满都还有110公里，旅伴们下车休息，此地的异域风情仍然吸引着大家不停地按动着相机快门，一切还是像往常那样地欢欣、平静、自然。

一群手端、头顶货物张罗着卖东西的小贩吸引了我的目光。我在路边选好位置，从相机的取景框里迅速地寻找着拍摄的构图和角度……突然！我的背部遭受到了我平生最猛烈地一次撞击，紧接下来的就是身体重重地猛摔倒地。巨痛，是此时反映给我神经的第一感觉，这疼痛使我头一次感受到肝胆俱裂这个词汇的涵义，觉得胸腔内有一团火在烧，背部像有个东西顶住了气门，嘴大张着，身子散了下来，半天才缓出了一口气……我经过反复地几次努力才勉强支撑起了半个身体，看得清：给我这猛然一击的是一辆尼泊尔大客车，它就傲立着停在我身边，审视着它这次出手所带来的效果。无疑！在此次生命之躯与无生命庞然大物的碰撞中，就像多数发生过的同类故事一样：肉躯不堪一击，生命一败涂地。曾目睹、耳闻甚至围观过许多的灾难，但那些灾难都是别人的，总觉得灾难离自己还很远。可料想不到现在对于自己，灾难的来临竟是一瞬间：没有预兆，没有告知，只是突然。这个过程就好像是又演绎了一次"螳螂捕蝉，黄雀在后"的警世寓言。

　　迅速引来了路人的围观，同伴们也赶了过来，我感觉周围站了好多的人。记不清是谁在问我出事的经过，只记得我的回答声调是短促的，带着颤音，胸闷得有点儿像儿时委屈地痛哭却喘不上气来，我想努力平静地说出每一句话，可是做不到。那架刚用过不久还没太明白怎么摆弄的尼康D700相机同样受到了重创：遮光罩损毁，机身被磕碰，测光聚焦失灵。可正是这架我手握着的相机在被撞时先我一步着地，对我的手臂起到了及时的保护作用，以至于我在这次碰撞事件中除右颊发际处有轻微的擦伤外，几乎没有留下明显的外伤。勉强被搀扶起来，到附近的诊所做了一些简单的检查和处理，我的气好像逐渐缓了过来。望着焦急的旅伴，我不愿因此意外耽误了大家的旅行，坚持着坐进车里，继续着下面的行程。

　　在此后的几天里，不知是由于当地医疗设备简陋，还是因为其他原因，虽做过几次检查，导游却一直没有对我说明明确的诊断，得到的只是安慰："没什么大问题！"可我非常清楚地知道这次事故给我的重创非同寻常，尤其是起卧困难，坐车时的每一次颠簸都会伴随着一次胸肋的痛疼，但我仍然坚持挺着身子把以后的路走了下来，并随团按期回国。我这样做的原因有二：一是不想因我的不幸受伤给大家高兴的旅程带来阴影，扫了大家的兴；二是也不想在我即将结束的旅途中留下遗憾，放弃了该看的东西，却带回了一个受伤的身体。后来确诊八处肋骨骨折已是回国以后距尼泊尔碰撞事件过去五天的事了。

　　检索我尼泊尔之行拍摄的图片，在相机中出现了一幅没有任何影像的黑屏，是在我被撞击的瞬间形成的，这大概即是死神来临时留下的痕迹吧！没有光亮，没有色彩，没有形象，没有对比，没有气息，没有温度，没有运动，一切归于平静。这幅黑屏图片纪录的时间是：2011-2-15 12：53。人生也许就像这相机的快门，在一个接一个的开启和关闭中延续着生命的精彩，但当有一天这快门突然意外关闭后不再开启，当摄取的影像成了黑屏，也许那就是你的生命到了危情……幸运的是：这次撞击仅是让那黑色的影像留在了相机里，好在快门仍然可以开启，我想这一定是上天还不想让我就这么半途而废吧！假如这次撞击不是在侧背部，而是在头部、脊柱、骨盆或其他什么要紧位置，或是我处的位置再靠路里面那么一点点，后果将更是不堪设想。现在能捡回这条命，已是不幸中之万幸了！

　　我知道：死神来过了。就像珂勒惠支的那幅《死神与妇女》，就像克里姆特的那幅《死与生》。

　　死神来了，它告诉你：不管你能不能承受，挣扎还是顺从，它的到来将不可抗拒，死会痛苦，死会留恋，但不必害怕，死只是生命延续到终点的必然。

死神来过了，它留给你：不管你现在得意还是失意，贫穷还是富有，它就像你人生旅途中的一个正常的旅伴，提醒你，要更加珍惜余生的时光，去做完你人生中该做的事情。

此后，我打听了那个小镇的名字，叫作莫格令。这个本来只打算待十几分钟，却让我滞留了近两个小时的小镇；这个本来没想知道它的名字，却不得不让我终生记住它的小镇；这个只到过一次，却让我差点终生画上句号的小镇；这个还没来得及看清它的模样，也许永远再也不会见到的小镇，竟成了我生命旅程中的重要一站，让我终生难忘，刻骨铭心！

2011 - 2 / 于济南

受伤后，女团友们逗伤者开心

看得思 KANDESI

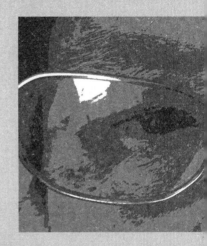

《孤树》/ 于新生 - 2016

孤　树

原野上。

远远望去，它孤独地伫立着，蘑菇似的突出于地平线上。大概以前那里也曾有过它的伙伴，可现在它孤零零的，就它自己。

不知它何时开始生长在那里，是野生的，也许是人植的！

它是这片视野的中心，那些永远也长不高的庄稼，互相搀扶着，依赖着，在它的周围向四面八方延伸，使它那并不高大的身躯，显得突出，挺拔。在它的远处，那些成堆的树丛变得矮小了，模糊了。

不止一次，风雨像要扫平一切似的掠过原野，毫无阻挡地吹向它，落了树叶，折了树枝……可它，还是伫立在那里，不想退缩，不愿逃避。也不止一次，烈日像火炉一样烤晒着大地，干了大地上的水分，枯了原野上的禾苗……可它，还是伫立在那里，不会退缩，不做逃避……

鸟儿在它的头上盘旋，作为自己的家；农人在它的下面喝水歇脚，作为遮阳蔽雨的伞。它总是伸展开友好的臂膀：欢迎！来吧！从未有过拒绝，从未有过怠慢。

把根深深地扎向这片大地吧！没有朝三暮四地动摇，没有好高骛远地奢望。日月轮回，斗转星移，它周围的一切都像匆匆过客，去了又来，来了又去，可它却还是始终不渝地伫立在那里，守望着大地，守望着这片原野，从不曾想过离开。

当春风催出了原野上的禾苗，大地苏醒了，它也展开了绿色的枝芽，就像是伸出了一双双迎接春天的手，沐浴着阳光，滋润着雨露，这是春天给予大地的恩赐，当然也是给予它的。

当夏雨把原野上的一切浸得翠绿，它也会蒙上一头厚厚的绿发。没有孤芳自赏，没有自高自大，将自己融汇在碧波万顷的绿色里，同庄稼、芳草一起随风摇曳。

当秋霜打熟了庄稼的籽儿，农人们开始在原野上收割，那些庄稼就要离它而去了。金色的黄昏下片片飘落的树叶，就是依依不舍的送别。

当冬雪覆盖了光秃秃的原野，候鸟飞走了，农人不来了，庄稼收走了，芳草枯萎了，原野上洁白一片，就剩了它。静静地沉默，深深地思考，准备着：严冬过去，春天又要来了。

听说树木也有雌雄，也有爱情。不晓得原野上的那棵孤树是雌树还是雄树，在大地的某个地方是否还有一个遥远的伴侣。总相信它会有！它在盼望着从远处随风飘来的信息，可它永远不会，也永远不必，选择相聚来进行表白，它只想把爱放在心里……

列车在平原上行进，车窗外偶尔也能看到孤树，像是情人，像是旧友，凝神望着它，直到它在视线里消失……

总是忘不了，原野上的那棵孤树。它一定还独自地伫立在那里。

2003 - 6 / 于采风途中

框架中的幻觉

这一阵儿老在纳闷，为的是每到夜晚就悬现在卫生间北窗玻璃上的那两个光幻迷离的钱影。

前几天的前几天，起床夜解。偶抬头，发现有两个幽亮的光影从窗外透了进来，定睛细看……奇了！那光影竟成两个惟妙惟肖的古钱形。初以为是楼外商业广告的灯光图形，可开窗外望，除了不远处新起建筑上亮起的两盏明亮夜灯外，并没有什么古钱图形的影子。

对"神异"之事我一向存疑，可眼前这明摆着的怪事又不得不让我将信将疑：这钱影为啥就无缘无故地偏偏落在了我家窗上？难道是预示了什么吉兆，要发财？那感情好！这年头谁不想发财？请财神，供财神，连客套话都是"恭喜发财"！今儿"财"虽没上门，但却上了窗，这也是祥兆啊！

既是"祥兆"，定交祥运，可细想近来"财"事，一切进账均为正常，并无出格之处。如果是将来要发财？可也没觉出有啥预先出现的其他迹象啊！

凡事不会无缘无故，定有其因。

仔细查看，这钱影不现在其他房间的窗上，却单单地现在了卫生间的窗上。难道"财运"也专找那肮脏和见不得人之处？不过想想，觉得这似乎也有点道理，应是"发财"者的手段多是肮脏和见不得人的吧！

《卫生间》/ 于新生 - 2016

　　再仔细查看，噢！大概是了……我似乎觉得终于找到了这其中的奥妙：原来卫生间的玻璃与其他房间的玻璃有所不同，其他房间的玻璃是既透光又透影儿的普通玻璃，而卫生间的玻璃却是为了遮人视线而特装的一种只透光不透影的布纹方格玻璃，就此我虽说不出特专业的物理细解，但可以肯定，这"神异"现象是楼外新起建筑上那两盏夜灯的光线，透过布纹方格玻璃由折射而形成的一种光影幻觉。

　　是幻觉！

　　真遗憾！原来这"钱影"与发财的"祥兆"无关。

　　光线透过布纹方格玻璃这种特殊框架竟能改变事物的原本面貌，让人产生脱离真实而又自以为是的幻觉？！

　　幻觉！迷人的幻觉！

　　是幻觉让人信以为真。

　　是幻觉让人想入非非。

　　是幻觉让人神秘莫测。

　　是幻觉让人趋之若鹜……

　　自然、社会、人也是会由框架制约的，在某些特殊的框架内，不也是常产生诸如此类的幻觉吗？

　　自然中：在阳光下干渴的大漠会形成诱人的浮光水影，在冥冥的天色里会生成虚无缥缈的海市蜃楼……

　　社会中：在政治运动的框架里人会高喊知识无用，造反有理！在战争的框架里人会把消灭别人的生命当作英雄行为……

　　人情中：在爱情的框架里人会为了自以为是的幸福幻象不顾一切，而这些幻象最终却常常被实实在在的生活击得粉碎；在事业的框架里人会为了自己那不切实际的妄想去拼搏

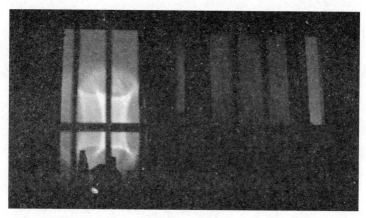

卫生间的毛玻璃窗

奋斗，而这些妄想最终却常常在现实中破灭并把人弄得心灰意冷……

其实想来，人的行为本身并没错，而对与错全在于那些诱人的幻觉，幻觉会让人不自觉地以此来决定自己的行为，而这些诱人的幻觉又不外乎：名、权、利、情。

诚然，社会不能没有框架，不能没有法律，不能没有规章制度的约束。符合现实规律的框架是人们按一定规则生存的基本保障。可是现实中总会有多种多样背离实际的框架并形成多种多样光幻迷离的幻觉，这就需要人，要有识别真与幻的分辨力。这就需要人，要尊重实际而少点虚妄的幻想。

应该提醒我和你：面对幻觉或进入幻觉，要清心自省，不可脱离现实，更不可深陷其中而执迷不悟！迷惑你的，让你信以为真的，有可能就是迷人的幻觉！

2007 - 7 / 于无饰画坊

窗外的田野

把工作室选在这里，除了房型中我意外，多半是为了窗外这片田野。

第一次打开窗，当田野扑面而来时，我就明白自己已心有所寄，必须要拥有它了。待成了它的主人，我的心情就更是同窗外这片田野融在了一起。

这大概是京城以北离市里最近的一片田野。凭窗向南望去，地平线上，天通苑的高楼大厦和地上冒出的庄稼树木含混在一起，那边的宫墙场馆和市井繁华已模糊不清了，喧嚣的京城似乎一下子被这片田野推出了很远。

我喜欢田野，因它包容坦荡，因它从不拒绝任何生命对它的依附，只要种儿落入土地的怀抱，它都会让你展现出生命的华章。整整齐齐的庄稼是农人种下的，七高八矮的野草是自己生长的，还有那些也许是人种也许是野生的树木，或星星点点，或成垄成片，用它们不同的色彩，共同调和交织出了田野在不同季节那些无与伦比的色调和乐章。

我喜欢田野，因它广阔深远，因它从不拒绝任何友爱对它的期待，只要生命在大地上生长，它就会让你拥有这个共同的乐园。一片片的庄稼果木，一块块的水塘草原，都同大地血脉相连，与高山、与大河共同延展成了无边无际的辽阔地平线。

我喜欢田野，因它博爱无私，因它从不贪图付出的回报，只要你把根扎在这里，它都会让你吮吸它的乳汁，使你长大成材。即使你走开，即使你离去，即使你忘恩负义，即使你永不归来，也不会改变它作为万物母亲爱的情怀。人们到这里耕耘播种，到这里采摘收获，需要你就带走！这就是大地无私奉献的姿态和胸怀。

我喜欢田野，还因为我的孩提时代和田野息息相关。它是我生命的故乡、成长的摇篮：在田野里我看到了阳光下的第一抹绿色，在田野里我感知了什么是世界，在田野里我懂得了要用劳动去创造，在田野里我用画笔画出了第一抹色彩……我劳动的汗水、丰收的期盼、美好的梦幻、青春的爱恋都和田野一起相连相伴。

当城市成为人的住所，高楼遮挡了远望的视线，嘈杂的喧闹赶走了悦耳的鸟鸣，理性的强制取代了自然的温馨，大地变得坚硬了，以至于它不再生长生命，我就更加怀念田野，怀念田野的自然而然。

我每天都要打开窗，看看窗外的田野，感受它不同状况下的变幻：雾气朦胧，田野遮上了面纱，让你感受它的神秘；春雨潇潇，田野袒露开胸怀，让你感受它的柔情；丽日当空，田野打开顶顶绿色的伞盖，让你感受它的最美色彩；白雪皑皑，田野把世界变成一张白纸，让你思考未来的理想将在这上面展开……

我每天都要打开窗，看看窗外的田野，体会它不同时刻的表情：清晨，望地平线上冉冉升起的旭日，脸上也会染上红红的霞光；雨后，听洼处悠扬乐耳的蛙叫，心中也会响起欢畅的共鸣；风起，看大地上连绵起伏的绿浪，胸中也会泛

窗外的田野

京城在田野那边

起思绪的波涛；夜晚，觉晚霞拉上了夜幕，我会和田野融为
一体，共同进入憧憬明天的梦乡……

　　候鸟飞过来了，有时竟是一排排一群群的数不胜数。
这片被高楼大厦隔离开的田野，成了鸟儿往来通过的唯一空
间，它们在田野里驻足、觅食、嬉戏、恋爱。有时，鸟儿竟

挑衅似的忽而直冲我的窗前扑面飞来，忽而又虚晃一枪般的在我的惊讶中滑过楼顶……它们似是在向人们宣示：不要再侵占这片自然的领地，这已是生灵共生共存的最后田原！

有时我从院内出门转路去看这片田野：行于田间望晴天丽日，走于畦垄闻禾香草气，与天地问语，与庄稼树木牵手交连，我觉得人同大地上的其他生物一样，都是田野中自然生命的一员。

采来芦花、草茎、茅枝，装点在书房里，卧榻边，让室内也添一份田野的气息，让它与窗外的田野连为一片。

田野成了我的好友：

烦闷了，我打开窗，田野会让我心情开阔。无边的大地让你知道：只有广阔的心田，才能容下事态万千。

冲动了，我打开窗，田野会让我情绪平静。无边的大地让你知道：只有静静的心态，才不会让你气躁心烦。

困苦了，我打开窗，田野会让我把一切看得平淡。无边的大地让你知道：只有自然而然，才是生生不息的源泉。

失意了，我打开窗，田野会让我放眼远望。无边的大地让你知道：只有不放弃希望，才会让生命绽放出夺目的光环。

劳累了，我打开窗，田野会让我身心放松。无边的大地让你知道：只有休养生息调剂好身体，才会让生命更加活力无边。

窗外的这片田野成了我观照自省的一面镜子，让我面对它时总能清心而坦然。窗外的这片田野成了我读不完的一本书，让我在心灵困惑时都能从中找到答案。

2012 - 11 / 于北京工作室

厚　土

　　这土很厚：厚得能雕饰出造化的千沟万壑，厚得能浸润出民族的几千年文明。

　　这里的生命也很"厚"：厚得能呈现出岁月的日晒雨蚀，厚得能在脸上垒砌出陕北高原的气象万千。

　　在这厚土里：积淀着黄帝部落开创华夏古老文明的曙光，积淀着农耕文化与游牧文化的碰撞与融合，积淀着吃苦耐劳、性情剽悍的淳朴民风，积淀着魄力强劲、不屈不挠的高原精神……

　　不同的生命一定会有不同的经历，不同的生存环境一定会孕育出不同的生命状态。生命在这片厚土上叙说着活着的最本质内容：是黄土高原的悠悠岁月，是年复一年的辛勤劳作，是风调雨顺的殷切祈祷，是生殖繁衍的诚挚期盼……是生命在阳光下、土地上、河流间与自然依恋、抗争的生存故事。

　　把住处建在这厚土里，是对陕北人"土生土长"最贴切的解释：大地是万物的母亲，这窑洞就像母亲的子宫一样，孕育、护佑着生命，让生命一代代地繁衍生息。窑洞狭窄朴素，它只能容得下生活必需的炕、柜、瓮、锅；窑洞阴暗潮湿，它只有在太阳对向窑门时才能把光线射进洞里。可这里的人祖祖辈辈总是离不开这窑洞，总是依恋着这厚土，因为它是生命繁衍的地方，它记叙着人与土割舍不断的生命情缘。

河边的老戏台

路

　　窑洞聚合成的庄园是高原上少有的富家居舍，它结合吸收了民族传统的其他精华，集中体现出了陕北人的文化传统和智慧：依山就势，错落有致；土石砖木，雕镂凿刻；门楼庭院，朴厚华美。美既是观念的，也是形式的，传统观念及其美的形式在这片厚土上体现出了特有的风采。

　　生命遗迹留在了厚土上，证明了这里生命曾经的存在，让看到它的人想象着它活着的样子。生命会死去，这是自然规律的必然。生命又不会死去，因为它活过的痕迹将生命在不同的时空中联系了起来，人类正是用这种方式进行着文化的延续并连接成了文明的历史。

从黄土高原上突起来的山丘叫作峁，它是这里最基本的自然个体。峁是土的，也是近乎秃的。峁上无茂林修竹，无奇花异卉，有的仅是人畜赖以生养的少量庄稼和蒿草，但它却比那些奇险峻秀的石峰要平和淳厚得多。一方水土养一方人，正是这淳厚的峁，淳厚的土，生成了陕北人淳厚的品格。窑洞就筑在峁上或峁下，随着人的消亡和繁衍，窑洞也在不断地废弃或增加，可这峁却是永恒的，它总是不增也不减地与日月一起注视着这里的时光变迁和生命荣衰。

窑洞的近处和远处是人们开垦的土地，它一片片横斜错落地披挂在峁上，就像人们为峁精心装扮的外衣。土地植种上枣粮稼禾，山坡点缀上白白羊群，土壤的芬芳与汗水拌合着散发出了人们收获的期望。一曲《道情》随风刮来，信天游荡在山峁沟梁间，穿云透土，荡气回肠，余韵不绝……

在这黄土上"活"着的还有神，神是不住窑洞的，因为神是"超凡"的，他（她）无需土地的孕育和繁衍。人们把神安置在庙里，庙要依神的身份建在土之上不同的地方：天神庙建在峁顶离天最近的地方，水神庙建在河边离水最近的地方，祖神庙建在村旁离人最近的地方……神是长生的，似乎永远也不会改变他（她）们的模样，可这庙却是有老有新，有的破旧坍塌了，有的正在翻新和修缮。但不管人们心目中的神是多么"法力无边"，庙里的神和他们的住处却都是由人赋予的，神只有借助于人的智慧和那些没有生命的材料才能得到永恒：人们用泥、石、木做成神供奉在庙里，把神的故事描绘在庙的墙壁上，这才让没见过"真神"的凡人看到了神的形象，知道了神的事迹。是人创造了神！神要靠人们的虔信和供奉活着！人们希望借助神与天地进行沟通，并盼望着神对人的回报。可这盼望等来的仍然是盼望，依旧是人们心灵中对祈福纳祥和驱邪避害的永久期待。

庙会是人与神沟通的日子，人们带来了祈祷，带走了希望。在漫漫岁月中，人正是通过这种与神的交流抹平着一个又一个不幸，使生命在不断地期望中活着。庙会上要唱大戏，戏是用来娱神的，也是用来娱己的。在人们对神灵的装扮和演绎中，在人们对故事的叙说和演唱中，完成着人与神的感应，进行着人与历史的对接和精神伦理的传承。

其实，人的心灵才是至上的"神"，它借助于双手不断地进行着女娲"抟土造人"式的生灵"创世"，这些生灵有纸剪的，笔绘的，面塑的，布缝的，石雕的，丝绣的……

活过的人和活着的人留下了路的痕迹。路把窑与窑联系起来，把人与人联系了起来，把峁与峁联系了起来，把陕北高原与外界联系了起来，把过去和现在也联系了起来。众多的峁又汇集成了塬，把生命、把窑洞、把沟壑、把土地、把一切都融合在了塬的怀抱中。塬向天际漫延，起伏跌宕，苍茫无际……

黄河流过了塬，时而咆哮，时而平缓。它携带了塬的黄土，也携带了塬的精神，溶成了黄色的水，浸染着子孙们的心灵和皮肤。登向高处，黄河弯曲着伸长起来，流贯华夏大地，与天地融在了一起。细小的水纹看不清了，流动的水声听不见了，苍茫和雄浑融去了细节，此刻人与黄河也相融了起来：似乎看到了自己血流的样子，听到了自己血流的声音……

看得忆 KANDEYI

那盏油灯

忘不了那盏油灯。

油灯的底部是个墨水瓶，灯头是花一毛钱在集上买的，再从书本上撕下一条纸，做成灯芯塞到灯头里就成了。

划根火柴，点上油灯，屋里就昏昏暗暗地亮了起来。影子映在了墙上，随着人的动作鬼似的变化着。越凑近油灯，脸变得越明亮，身后那影子却扩大了起来，以至大半个屋子充斥了

下乡知青与村干部合影

黑暗。黑暗里的人便嚷了起来："起起！别挡了明影儿！"

屋里住着我，还有他们，是要"接受贫下中农再教育"立志"扎根农村干革命"的知青们。

一排通铺横七竖八地放了简陋的铺盖，角落里堆了锄、镰、锨、镢。除此之外，屋里剩余的只有我们疲惫的身体、无聊的心情和这盏油灯。

是油灯把我们的命运凝结在了一起，是油灯在黑夜里给我们带来了光亮。

灯光下，常按要求写一些总结、心得或豪言壮语之类。现在想来，问自己：那上面写的全是真话？不是！似乎自己并非情愿要"扎根农村干革命"；那上面写的全是假话？也不是！当时的的确确觉得毛主席的号召是最最正确的。

灯光下，常翻一翻白天乱画的那些速写，小本本上有：村落、田野、贫下中农、我们、农具以及牲畜们。其实，当时画这些只是一种消遣的游戏，并非要当绘画大师，因为那个时代并不需要什么"大师"。

灯光下，常大吃乡亲们送来的香喷喷的玉米、地瓜、花生……这些与贫下中农一起"战天斗地"的劳动结晶，让我们体会到了"粒粒皆辛苦"的味道。

灯光下，常补一补磨破的衣服，洗一洗汗渍的毛巾，从那时起开始学会了独立生活。

灯光下，常伴着疲劳和彷徨对着长夜发呆，没有了对知识的渴求，没有了对理想的渴望，也不知道该怎样才能在"广阔天地，大有作为"，只是迷眼蒙眬地望着油灯的光晕……

风雨起的时候，随着电闪雷鸣、风嘶雨啸，灯光一闪一闪地摇动，屋子也于忽明忽暗中摇了起来，像是坐上了在波

民间剪纸《上坡》

民间剪纸《耕地》

浪中漂荡的一条船，我们不知这船将漂向何方。

　　女知青们偶尔也光顾男知青们的屋，那时的油灯便似乎亮了起来，暖暖的光映在大家的脸上，隐去了疲劳，赶走了彷徨，青春溢了出来，愉悦在大家的心中荡漾。灯光下的脸儿，好美……

　　排鱼似的躺在通铺上，开始讲那些无聊的故事，捕风捉影地拿男某人与女某人所谓"绯闻"开涮……可就是没人讲到自己的理想。

　　聊烦了，该吹灯了。

　　竟突发奇想：能否来个放屁吹灯！有人自告奋勇，从被窝里爬出来，将光光的屁股对准那灯，屁放得脆响，灯晃动了一下，不但没灭，反而似乎更明亮了起来。第二个人接着又把屁股凑了上去，屁虽放得沙哑，但力度不小，可那灯还是不灭。接着屁股们便一个接一个地对那灯来了个轮番轰炸，五花八门的屁声，抑扬顿挫，各具特色，可等"弹尽粮绝"，那灯还是不灭，只好纷纷败下阵来。分析原因："这屁大概是沼气的吧？用沼气吹灯那还不是火上浇油！灯怎能灭？"这结论被大家一致肯定，禁不住自夸道："到底是知识青年！发现了重大科研成果！"进一步借题发挥："将来可把屁收集起来能源利用，甚至可以取代油灯里的油！"此后，知青们便有了句戏言："用屁吹灯，越吹越明！"

　　灯点久了，就结了灯花。光亮变暗了下来，人似乎也变麻木了。找个钉子什么的，将灯花挑去，光就又亮了起来，心中也似乎又燃起了希望。

　　灯点久了，墨水瓶里的油会不觉中越来越少。有时就注视着瓶里那油，想看它是怎样变少的，可看不出，也感觉不到，只是蓦然间那油在不经意中失去了许多，就像人的青春。

知青们终于可以回城了，理想开始纷纷冒了出来。大家抱着理想奔向灯火通明的城市，没有人再"扎根农村干革命"，更没有人再去理会那盏灯。

从此，在我的生活里再也没有亮起过油灯。

可时间久了，我还是常常想起那盏灯，想起那段经历，想起村落里的乡亲们，想起那些香喷喷的玉米、地瓜、花生……那灯在我心里似乎永远也挥之不去。

待知青们重新聚到一起，不觉已过了三十多年。有人当了领导，有人成了教授，有人做了大夫，有人出国定居……为了理想，都拼出了一片天地。

明亮的聚会餐厅里，大家的脸被日光灯照得毫无含蓄地直白，沧桑挂在了每个人的脸上。我在努力地寻找大家旧时的影子，寻找那盏油灯下的脸庞：变了！都变了！就像蓦然间看到那盏油灯熬去了许多的油。

没有人抱怨过去，回忆充满了对青春的依恋，"下乡知青"成了这帮人凝结感情的标识，岁月已让我们懂得：人生的每一个阶段都是宝贵的，无论经历的是痛苦、磨难，还是快乐、幸福。

这时我特别想重新点起那盏油灯：那盏曾在黑夜为我们带来光亮的油灯，那盏曾把我们的命运凝结在一起的油灯，那盏曾让我们溢出过青春的油灯，那盏现在再也找不回来的油灯……

张先生

"先生"一称，是现在社交中最普遍的称谓。但在三四十年以前或更早些的时候，是以同志为普遍称谓的年代，"先生"称谓是很少听得到的。但那时也并非没有这称谓，有时在国家外交辞令中用"先生"来称那些不同政治信仰的人，有时写在典籍中称过去有学识或教书的人。在平民生活中，除"阶级敌人"之外，一般都是称"同志"。

可在我小时候住过的村子里，当时就有一位被称为"先生"的人，但这"先生"之谓不是他的正称，而是外号。

先生姓张，村里人私下里都称他张先生。张先生九十多岁了，在村里是辈分最高的，也是年龄最大的。他排行老大，我当面称他大老爷，背后也跟着大人称他张先生。就辈分儿来论，村里大多数的人都称他大老爷，也有少数人是称他大爷的，还有那么几个是称他大哥的。村里的这称谓吧，男人同辈儿间以哥弟相称；上一辈儿比家父年龄大的称爷，比家父年龄小的称叔；那再上一辈儿或两辈儿以上就都要称老爷了。张先生比我长了四辈儿。

张先生是村里曾出国见过大世面的两人之一。这两人：一个是参加过抗美援朝负过伤的村支书，另一个就是参加过第一次世界大战到法国当过劳工的张先生。那时周围还很少听说有出过国的人，尤其是在乡下，更是少有。由于张先生见过世面，读过私塾，辈分儿又高，在村里备受敬重。张先

生能说会道，常爱讲些当时公众中难以听到的稀奇事，更有
人就爱听这稀奇事，能说事的人自然会成为村里的能人，于
是村里人有什么弄不明白或拿不定主意的事都来问张先生，
张先生自是有问必答，因而张先生就成了村里最有"学问"
的人，"先生"的外号也由此而来。

　　张先生的宅子坐落在村子的中央。这里是一个丁字路
口，村当间的一条东西街把村子分为村南、村北，由街当间
又向南通了一条大路将村南分为东、西两块。这向南之路是
村子出门来客或上坡干活的主要通道，张先生家的大门楼就
在这南北路的北端。由于这门楼正对着向南之路，来人进村
必先看到张先生这门楼。坐在门楼里，对出村进村的一切动

民间剪纸《拉呱》

静自也是一目了然。

门楼是老的，也大。门楼两边是两个看上去凶恶却让人喜爱的石狮子。再向左边一侧是一棵粗大的梧桐树。据说以前这里有颗老槐树，因有点枯了，曾让雷劈过，张先生为了"避邪"，就把原来枯了的老槐树刨去换栽了梧桐。这梧桐长得快，只十几年的光景就成了一抱粗的树。春暖之时满树的梧桐花，紫色里透着白，溢得整村都是香气，那香气让人觉得醉醉的，晕晕的……

张先生每天就值勤上班似的带着他的马扎，拖着他的拐杖，提着他的茶壶，拿着他的烟袋，与大门上的门神一起守在这门楼里。天冷的晴日，张先生就坐于门楼之外晒太阳；天热或阴雨，张先生就坐于门楼之内纳凉。他头上老戴个西瓜皮似的毡帽，毡帽前面再塞张报纸当帽檐儿，一双老花眼就在这帽檐儿下面直直地打量着前方。再看张先生那架势：脖梗子上挂着一副水晶老花镜，肩膀子一侧搭一杆铜锅儿老烟袋，左手端一把用来喝水暖手的紫砂老茶壶，右手扶一根嵌着银丝儿的红木老拐杖。这派头儿看上去虽然显得有点儿过时，但却透露出了一种老学究的"酷"。

村里找不到人了就去门楼问张先生，他总是能说得清："上午出庄了""刚见他从庄外回来""去庄西头了"……邮递员进村也把信送到张先生这里，张先生再让经过他门楼与收信人住得相近的人把信捎过去。张先生这门楼和他干的这差使，就像现在居民小区里的传达。

张先生爱拉呱，且"粉丝儿"不少。那几个常听他拉呱的"铁杆"听众是与他年龄相近又闲来无事的几个老哥们儿。他还有一个女"粉丝儿"，是东邻的胖婶儿。胖婶儿是寡妇，小张先生二十多岁，对张先生的"学问"崇拜不已，她除无事到门楼听张先生拉呱外，还主动给张先生烧水沏茶。村里私下有人传，说这张先生很早就与胖婶儿"有一腿"。此外，另一个铁杆"粉丝儿"就是张先生的那条大黑狗了，这黑狗叫四眼儿，全身通黑，只有眼上方眉弓处有两个白点儿，猛看上去就像长了四只眼睛。四眼儿与张先生总是形影不离，张先生拉呱时它就卧在张先生的腿边，眼睛有时睁有时闭，似乎也在听。除了这些铁杆"粉丝儿"，得空，村里那些没事的小子们也爱往这里凑。

张先生拉的呱主要有两个内容：一是拉古，拉的是过去的老故事；二是拉今，拉的是他对当今事儿的见解。由于拉古俗套，显不出学问，因而张先生还是喜欢拉今。他平常不太看报纸，也很少照拉报上的事，他多是拉别人在报上和广播里都没看过和听过的，且见解独特，似乎这样就更能显示出他见多识广的学问。

后来，我长了知识，再回想一下张先生的"学问"，才知道张先生的这"学问"多是与生俱来的，是他自己借题发挥现编的。

村里人都知道，张先生有三件宝：茶壶、拐杖和怀表。茶壶和拐杖是祖辈传下来的，平时坐门楼时他都随身带着，可这怀表却极少有人见过。据说那表壳是银的，上面刻满了弯弯曲曲的花纹，表一端还拴着一条闪闪发光的金链子，更奇的是打开表盖，表里镶有一张发了黄的洋女人照片。那女人皮肤白皙，鼻直眼大，睫毛老长老长，嘴角翘着微笑，那叫个漂亮！开始此物并无人知，后来张先生年龄大了，张家大娘也去世了，张先生才禁不住拿出来示人。外人也就对这表的来历知道了个大概：第一次世界大战时，张先生被征到法国去当劳工，他从被炮弹炸翻了的马车里救下了这照片上的女人，并将其背行三十余里送至救护之处，这女人伤愈后找到张先生感谢相救之恩，就与张先生有了交往。战争结束后，女人劝张先生留在法国，可张先生因念故土和妻儿仍坚持回国，临别时那女人便送了他这块怀表。当有人问张先生跟这洋女人是否干了那事时，张先生开始总是笑而不答，到最后实在是让人追问得过不去了，不知是故意显摆，还是真的，便言道："那时候年轻，身边有这等女人，谁还能禁得住啊！"嗬！张先生这世面可真是见大了！

张先生因见过世面和有"学问"受村里人敬重，可最后也受了这见面和有"学问"的害。闹"红卫兵"那年，在城里上中学的孙子到村里纠合了几个后生来造老爷子的反，说他里通外国，跟外国女人狼狈为奸，是内奸特务。还嫌他动辄以"先生"自居，是封建主义卫道士等等。开始张先生不服，尤其是容不得这孙子造爷爷的反，举起拐杖要打这孙子，可拐杖被"红卫兵"们夺下来扔了，茶壶也砸了，还非得让张先生交出那块怀表，说这是他里通外国的罪证。与张先生一块被揪斗的还有参加过抗美援朝的村支书，他的罪名是走资本主义道路的当权派。两人胸前都被挂了牌子，头上戴了用纸糊的高帽子，与那些"地富反坏""牛鬼蛇神"一起游街。陪游的还有胖婶儿，她被说成是内奸特务的姘头，脖子上挂了两只破鞋，跟在张先生后头。

张先生九十多岁的人了可经不住这般折腾，加上又气又急，几番下来人就不行了。临死，是胖婶儿守在他身边的，他时而高声时而低声地胡言乱语，他低声对胖婶儿说了些什么没人听到，只是有人听到他最后对着天长叹："老祖宗，这多说话害人啊！"

张先生死了，被一条破席卷了起来，几天后，村里人在"红卫兵"的监督下，在村南挖了个土坑，把张先生埋了。过了不长日子，胖婶也死了，是喝老鼠药自杀的。"红卫兵"们在张先生屋里翻箱倒柜地找那怀表，可始终都没找到。

从此，张先生这门楼便空了起来，没了张先生，没了拉呱的人，也没了来这里凑堆的人。"红卫兵"在门楼边的梧桐树上拴了个大喇叭，村里人爱听不听的那喇叭只管自己不时地响着。喧嚣过后，这村子也就冷清了。张先生没了，人们觉得这村子好像失去了许多东西：人们没了辈分儿，没了亲情，连呱都不拉了……

多年后，村支书又上了台，张先生也被平了反。后生们把张先生重新收殓往公墓里迁，有人发现那块怀表就埋在坟前的一个小土坑里，可那女人的照片已是被泥水渍得啥也看不清了……

又过了些年，人们也就习惯了没有张先生的生活，村子又开始热闹起来。这时出国已成了平常的事，再没人认为这是去见什么大世面；对啥是"学问"人们也越来越明白了；"先生"成了社交中最普遍的称谓。张先生那门楼和门前的两个石狮子在旧村改造中早没了踪影儿，村里后生们的后生就更是不知道这村子以前还有过张先生的存在了。但那棵梧桐树还在，虽然有点枯了，还是香香地开着花，溢出的香气依然是让人醉醉的，晕晕的……

2013 - 11 / 于北京工作室

《乡音》/ 于新生 - 2014

城南有个三里庄

一

这是一个不大的县城。

在我的印象中，当时城里除地主留下的一座老式小砖楼外，其余全是平房。白墙红瓦的是公家房，多是新的；青砖灰瓦或土墙草顶的是私家房，多是旧的。这些平房从形态上看，公私分得很清。我觉得也许县城就该是这个样子：不该或根本就不允许有楼房，楼房只能在市城、省城、京城才有。

靠县城南边有个五路口，是这一带最繁华的地方。五路口因分出五条通向不同方向的公路而名。由于交通方便，县里一些有关衣、食、住、行的主要单位都坐落在这五路口的夹角处，有：汽车站、马车店、交通旅馆、大众饭店、职工卫生所、百货公司。由于经过五路口的汽车、马车、人力车大多要在这里歇脚，因而除了县城里面逢五排十的大集，平常卖东西的商贩们也都集中在这里。嘈杂的人声、马嘶声和汽车喇叭声混成一片，热闹得很。

自五路口再向南，隔了一条不太宽的水沟，有个村子叫三里庄，这村名是因为离城里的老县衙三里路而来。当地村庄有以距县城远近而称其名的习俗，如五里屯、八里庙、二十里铺等。这些村子以县城为中心：远近聚散，如众星捧月；路通道达,如蛛丝罗布。由于三里庄离县城最繁华的五路口就隔了一条沟,所以感觉这三里庄就在城边,可就因为城外这一沟之隔,三里庄也就算不得城里,只能算是乡下了。三里庄不大,分前庄后庄,就百十户人家,由于清代之前这村子从没出过什么名人名事,所以在老县志上除有其名外,别无它载。但新县志却有一段内容提到此庄,载的是抗战时期当地抗日队伍在村北这条沟里打过鬼子的汽车,三里庄才因此有了些名气。

我大约在六七岁时随父母由城里迁来三里庄落户。所以由城里迁来乡下,有着这样的一段因缘。

父亲祖籍不是本县,1949年后才调到这县里的职工卫生所当医生。那时此地还没有正规的医院,职工卫生所就是当时这县城中最正规的医疗部门,城里的干部职工和附近的农民都到这里来看病。父亲的医术不错,在这一带很有名,再加上他态度随和又认真敬业,就极有人缘,找他看病的人很多。

母亲是一名小学教师。生我弟那年正赶上"大跃进",由于母亲刚生下孩子不几天就去大炼钢铁、深翻土地,便落下了腿病。整风反右时,母亲又受了牵连,再加上身体原因,就被单位劝退,没了工作。

三里庄的前庄有个叫张五的人,患有哮喘病,经常到职工卫生所打针拿药,是卫生所的常客。有一年,他的一个孩子背上生疮,长久难愈,被父亲治好了,张家非常感激,此后就有事没事地到父亲那里坐坐,还常带来些乡下的粮菜等物,天长日久,就成了父亲的朋友,父亲让我喊他张叔。

那年,大饥荒来了,到处是面黄肌瘦的人。我那时最深刻的印象就是肚子饿。家里人除每顿饭吃极少的干粮外,大多是喝汤，最后连刷锅水喝得一点也不剩，把能吃的都吃光了。在这困难之时，张叔来了，带来了用脸盆盛着的大半盆儿地瓜干。此时，哪有比粮食更珍贵的东西呢！父亲感激不尽，两人从此拜了把兄弟。张叔在家里排行老五，父亲从此叫张叔五弟，张叔喊父亲大哥，我也改口喊张叔五叔。

父亲与五叔称了兄弟之后，我们家与三里庄的关系也就更加密切了起来。母亲退职时，五叔提议父亲到三里庄落户，并就此与村官商议。庄里人听说这事后无不赞成，因为庄里如果有了一个大夫，看病就更方便了。

三里庄为我家在五叔的西邻划了宅基地，五叔帮忙张罗，盖起了由一个小院围起来的五间平房。那房墙底部是青砖盘的（这些砖大多是我哥从远处拆旧厂房的地方用小车推来的），墙上部是用夯打起来的"基"垒的（村里人管土坯叫"基"，大约是基础的意思），墙体上装了玻璃窗（那时乡下玻璃窗还不多见），房顶挂的是红色瓦（是父亲托关系从砖瓦厂便宜买来的次品）。这房虽然花钱不多，可那红瓦房顶和透明玻璃窗与村里的草房顶和木棂窗相比之下还是显出了一定的差别，好像是把城里的一处公家房搬到了乡下。我也就因为这房子在庄里的与众不同，不自觉地产生了一种特别的优越感。

新房落成后，父亲让五叔请村头儿和村里的长辈们来家凑了个堆儿，算是个入村仪式。村头儿对父亲说：你们现在就是三里庄的人了，在庄里就该有辈儿有分儿，以后就按老五（五叔）的辈分儿排班次吧！从此，我在庄里便有了许多的爷爷、奶奶、叔叔、婶子、姐妹、兄弟，自然也有辈分儿低的叫我爷或叔。周围一下子多了这么多的乡亲，让我感到亲切而新鲜。

从此，我成了乡下人。

二

五叔是个热心肠，在村里口碑很好。他除了会干庄稼活，还会多种技术，虽干得不精，但泥、瓦、木、铁都能来两下子，村里盖屋打墙总是少不了他。五叔的痨病有年头了，哮喘厉害的时候我总是看到他紧闭了嘴唇，颌下的大喉节在"咝咝"声中颤抖。他虽常喘不上气来，却偏偏爱讲故事，讲故事时的话语声和喘吁声一同在脖颈中混杂，好像是说话间有种音乐在伴奏。讲到情急之处，他脸憋得通红，鼻尖也沁了些汗出来，听故事的人赶忙递水过去，他喝口水换口气，继续开讲。听说五叔年轻时胆儿特大，还爱看热闹。抗日队伍在北沟打鬼子汽车那回，村里人都关了家门不敢出来，五叔却背了个粪筐，提了把割草的镰刀，专往响枪的方向跑，为的就是看热闹，看到紧要处他也跟着大喊大叫。待队伍打完鬼子，汽车被牛拖走了，沟里只剩了几具鬼子尸体。他走过去，把鬼子的衣服扒了个精光，挖个浅坑用土将鬼子埋了。

五婶是个地道的农村妇女，也是庄里的好妇女。农村的好妇女标准有三条：勤劳质朴、孝敬老人、能生男孩。五婶这三条都能做得到。五叔一般不做家务杂事，对家里的事是拿主意多动手少。五婶虽身板儿弱，但论干活儿，却不亚于村里的男人，除跟男人一样出工破日地上坡干活外，还多一份打理家务的操劳。家中上辈儿的老人都已去世，据说得的都是卧床不起的怪病，是五婶一把屎一把尿照顾送终的。她生了三个儿子，大孩儿叫来福，二孩儿叫到福，三孩儿叫全福。我印象最深的是五婶喊孩子的声音，那时乡下可不像现在有事打个电话或发个短信啥的，近处的联络全凭扯开嗓子喊，尤其是到了吃饭的时间，庄里大人喊孩子或孩子喊大人的声音此起彼伏。这喊词有一规律：孩子若喊，直呼其称；家中妇女若喊，不管喊谁，只管喊自家孩子之名。我曾看见过五婶领着来福喊来福："来福——来福——吃饭了！""唉！来了！"应答处却是五叔从远处跑了过来。开始我觉得奇怪，后来才明白其因：男人在外忙活，等喊才归，是为了节省时间多干些活；妻子又因直呼夫名恐外人笑话，喊孩名只是发出吃饭的信号，在外家人便知家中召唤，无论长幼听到可回。

三里庄的乡亲们和善可亲，村庄就像个大家庭，不论是哪家遇上垒墙盖屋或是喜事丧事，全村人都来帮忙。谁家的菜果收下来了，常常是四邻八舍互相地送，我家就常吃乡亲们送来的菜。

由于刚到村里落户，母亲怕我和弟弟在外面不懂事给家里丢人，就叮嘱我们："出去不要随便要人家东西！"这话我们虽然是记住了，可有时却实在是难以遵守。有次我跟弟弟去邻居家，正赶上邻居煮了一锅地瓜、玉米，那热气腾腾的香味飘过来，诱得人直流口水。邻居招呼我和弟弟过去一块吃，可想起母亲的嘱咐，只好忍住。邻居再三招呼，见我们不吃，便以为我们是吃饱了或是不喜欢吃，也就不再招呼。见主人不再招呼了，可又难忍这地瓜、玉米的诱惑，最后还是弟弟终于忍不住了，对主人说："你若再给，我就吃！"

三

在三里庄落户后，我和弟弟很快加入了村里的孩子帮，没事就往孩子堆里掺和。当时在村中这帮孩子里，我与弟弟和一个外号叫小瘪子的孩子年龄、个头最小，我们几个跟在大孩子后面，按大人的话说，就像是"小鱼穿在了大串上"。

村东的孩子头叫锁儿，是庄里孩子中年龄最长、个儿最高、力气最大的，就凭这几点，他就必然坐定了这孩子头的位置。锁儿是颗独苗，胸前老挂着一个石锁，那锁润泽有光，听说是玉的，是他出生后娘给带上的。有人说，他娘在生他之前曾生过两个娃，但都没活下来，神婆说是这些孩子的魂让鬼神给招走了，得用锁将孩子的魂儿锁住才行。待第三个孩子生下来，他娘便请了这把石锁挂在他的身上，并取名锁儿，希望孩子的魂儿不再被鬼神招走。不知是这锁的原因，还是命该如此，锁儿活了下来，并成长得身强体健、膀阔腰圆。

村西头和邻村也有孩子帮，但数村东孩子帮势力最强，村东帮中与锁儿年龄差不多的孩子还有六七个，加上锁儿号称"八大金刚"，这"八大金刚"对其他孩子帮极具威慑力。孩子帮之间也有点像现在的国际关系：有友好邦交，有敌对阵营，也有中立国家。帮与帮之间常进行一些对抗或比赛，通常是"开火"，是从战斗故事片里学的。孩子们以沟为界，作为双方阵地，用土块瓦片相投，或发起冲锋，占领对方阵地，或包抄迂回，抓几个俘虏回来。有时孩子帮之间也各派出选手进行两人或多人对抗：有时是抗腿（将一腿用手搬起，单腿跳跃，用腿膝双方相抗，双脚落地或被顶倒者为输）；有时是拔轱辘（摔跤）；有时是扮手腕……这几样锁儿都无人能敌。尤其是拔轱辘，他经常是让人后把腰，叫对手从后面将他抱住，他再两腿叉地，或胯下掏裆，或侧身捞腿，或旋腰抛身，只要他身子猛地使劲儿扭动几下，就把对手摔个嘴啃地。

村里的女娃们也搭帮，但不搭大帮，多是三五结伴，拿现在的话来说就是"闺密"吧！女娃们除了大名外，小名不管哪家都是按大小来叫的：大妮儿、二妮儿、三妮儿……这些妮儿在自家叫起自然不会叫错，但在外说起时，妮儿前须加"谁家的"，如：二爷家大妮儿，三叔家二妮儿，四哥家三妮儿……从这些妮儿们扎辫子的特征来看，大多也有一规律：大妮儿常在头后面或头一侧扎一个辫子；二妮儿常在头两侧扎两个小辫子；三妮儿除在头两侧扎两个小辫子外，在头上或后面再扎一个小辫子……于是我就觉得这妮儿的大小称谓又是按她们头上辫子的多少来叫的。妮儿们很少跟男孩子们搭帮玩，她们有自己喜欢玩的：踢毽子、跳皮筋、跳方格、老鹰捉小鸡、翻花绳……阳光下，妮儿们雀鸟儿似的欢乐着，花衣服和小辫子舞动得花蝶儿一般。

四

村子周围的沟、湾很多，村近处除了与五路口之间的北沟外，还有东沟和西沟，这些沟串联了东湾、西湾、三角子湾等大小五六个湾，形成了村子外围的排水系统。每逢下雨，户里的水总是先流到街上，再由街中间分流至东西沟湾

民间剪纸《池塘》

里。有时雨大，就会沟满湾平，水经过对农户和街道的冲刷再汇之沟湾，水土混杂，从无清澈。但庄里的孩子们却喜欢这泥水，天暖之日，东西沟湾里总是下饺子般的有光屁股的孩童凫水。湾里还有鱼，常见会凫水的孩子摸了鱼上来。我不会凫水，却也喜欢这水，就老是在浅水处扑腾，以齐胸为限，从不敢涉入深处。学校的老师禁止学生下湾，违者要到太阳底下罚站。检测下湾的方法极简单，由于湾水带泥，从湾里上来的孩子身上也必带泥水之迹，干后只要用手指一抓，就会现出道道白痕。下湾的孩子经常被检、被罚。但却屡禁不止。

　　我最常去的是北沟，北沟里的水不过膝，却是老流着，沟两侧的水洼里长了些高高矮矮的芦草。听大人讲：沟里的水是神仙尿出来的。我也想当这样的神仙，常与村里的男娃们站在沟边憋足了劲儿比赛谁尿得高，洒得远，看着那些水花在阳光下打着漩儿与沟水一起流向远处，觉得这沟水果真是尿出来的了……有次正比着，突然从沟那边传来了动静，慌忙憋住尿望过去，竟是村里一个叫二妮儿的从芦草丛里把头探了出来，看到我发现了她，二妮儿红着脸马上又把头缩了回去。此后我再碰到二妮儿，她的脸总会是红红的……

村往东十几里，还有一条大河，沙底，水清，宽阔。到那里下河更是快活，躺在浅滩流水里，沙软水柔，以水沙搓体，身上泥垢尽除，再上岸经微风一吹，凉爽得痛快。但因路远，下这河来回需走一段时间，加上白天还要上学或干活，故孩子们多是晚上骑车前往。那时骑的自行车叫国防牌，车中间是一个三角形大架梁，孩子们根据年龄大小可分为三种不同的骑法：锁儿的骑法与大人无异，屁股坐在车座上，为了显示腿长，腿膝老是向外弓着，他常在车梁前夹坐一小的，后座再带个半大的，那架势让我们这些半大小子望尘莫及且羡慕不已，极有领头范儿；我骑车时已满十岁，但如坐在车座上仍够不实车蹬，只好跨在车梁上站着骑，随着两腿蹬车，屁股在车梁上不停地左右摆动，那车骑得就如同当今扭屁股的摇摆舞一般，虽然我车后也能带一小的，但被带者常不愿坐我这车，因坐这车必须得紧抓车座，并要经受摇摆的考验；再就是我弟和小瘦子那连车梁也够不到的骑法了，将身置于车体一侧，然后将一腿由车梁下伸过去踩踏车蹬，那架势就如同五路口修车的王瘸子，骑起来拐来拐去地像耍龙。

是锁儿出的鬼点子。有次晚上下河，我们先脱光了衣服，用生产队里写大字报的墨汁将下身涂成裤头形状，赤身骑车前往。时虽夜晚，但公路上也常有拉货的卡车经过，车灯照来，有个司机觉得这帮小子有点奇怪，就放慢车速随而观望。等看清原委，便笑着从车窗里丢出一句话："小子！别让车梁割没了鸟鸟，没了，就说不上媳妇了！"

五

母亲腿疾好起来后，成了村里的社员，跟村里的妇女天天搭帮在生产队里干起了农活儿。那时生产队干活是记工分，男女老少据其能力，所挣工分有所不同。母亲每天的工分是十分：早晨二分，上午、下午各四分。到年底，合算出工分价值后，再按每人一年所挣工分多少分配钱粮。村里还给母亲分了自留地，母亲在自留地里种了韭菜、芹菜、西红柿、山药等。房前的院子里也种了菜，还养了不少家畜：有猪，有兔，有鸡……养猪也是可以挣工分的，那时地里用的肥料主要是猪栏里的土杂肥，队里可根据肥料的质量和多少记定工分。为了生计，工分成了母亲努力追求的目标。

父母虽也算是有文化的人，可在当时他们对知识似乎并没有什么热情，这大概是由于社会大环境的影响吧！因为知识那时好像并没有什么实际的用途，有知识的人反而要去接受再教育，去向工、农、兵学习。在我印象中，关于孩子的事业和前途父母似乎很少过问，他们认为最重要的是全家人都要去努力劳动，都应该成为劳动能手，这样才能过上好日子。母亲能吃苦耐劳，她也从不让孩子们贪玩儿，除了吃饭和睡觉，母亲似乎很少让我们闲下来。我每天早晨上学前或下午放学后都要去拔一篮子野菜喂猪，要不就是割一篮子青草到五路口的马车店去卖给赶马车的人，那一篮青草如碰上好运气可挣到二三毛钱。可有时我跟弟弟也藏奸耍滑儿，只要出了家门，惯用的办法是两头紧中间松：开始抓紧干，中间玩，最后再抓紧干一阵儿，然后把篮子里的猪草弄得暄腾腾的回家交差。

院里有一口安了辘轳的井，这辘轳除打水吃外还靠它浇菜。打辘轳危险，得用力气和巧劲儿，我十岁出头就能用辘轳打水浇菜，还时常会把井里的水打干。种的菜收下来了，母亲让我拿到五路口去卖。我不喜欢卖东西，尤其是讨厌讨价还价和几斤几两地算账，每到此时，我总是稀里糊涂完事。有次去卖西红柿，我把卖的钱全放在称西红柿的布兜里，当最后一点儿西红柿卖完时，我竟把西红柿和钱一起倒进了人家的提兜里，等人走了后我才恍然大悟，只好两手空空地回家……自此以后，母亲再也没让我卖过东西。

学校放假，我干的事比农村孩子还多了一项内容，就是到附近工厂里打零工。父亲由于职业的原因，跟县里的工厂单位都熟，打工的事儿他一说就成。我到酿造厂腌过咸菜，到麻纺厂缝过麻袋，到磷肥厂运过矿石，到化肥厂捡过煤渣儿，到内配厂搬过生铁，到物资公司管过仓库……直到我参加工作，生产队里的活儿我几乎干遍了，县城里的工厂我也几乎干遍了。正是这段经历，磨练出了我吃苦耐劳的性格并建立了与劳动者的感情，也让我体会到了一个劳动者发自内心的愉悦和自豪：吃的是亲手种的粮和菜，用的是劳动换来的物和衣。

后来，我经常伸出粗厚的手对人说：瞧！我是地地道道的劳动人民出身！

六

小时候喜欢看小人书，也喜欢看墙上贴的那些民间画儿，觉得能画画的人可神了，就也照书上、墙上的画儿画起来，竟也能画得像模像样。

后来画上瘾了，就弄了几本学画的书来看，知道画画要学素描、色彩、构图等等，画人还要了解人的骨骼肌肉什么的。那时正赶上"破四旧"，生产队里到处平墓扒坟，我就从坟坑里捡了个骷髅头回来，放在院子里的台子上画。四方邻居为此吃惊不小，说这孩子胆儿真够大的，可家里人却觉得此事不吉，最后还是硬让我拿出去扔了。

"文革"闹得热火时，我正在上小学，班上的黑板报和宣传栏成了我画画的用武之地，并因此常得到老师和同学的赞扬，这些赞扬成了鼓励我画画的动力。后来我又用泥巴捏样板戏里的人，把先捏好的泥形摆在窗台上晒，晒得半干后用刀刻雕细部，再涂上广告色，五颜六彩的，见者都说好看。可我也由于画画惹过一场大祸。当时班上有一个好事的同学看到了我在作业本上随手临摹的几张毛主席像，便带头闹了起来，说这是丑化伟大领袖，于是这同学便号召全班开了我的批斗会，并要我低头认罪。好歹那时年龄小，算是年幼无知，总算没打成个现行反革命什么的。鉴于这个教训，我知道画画有时也不是闹着玩的！

但画画我还是坚持了下来，最后竟成了我的职业，直到我离开了三里庄，离开了这县城，一直还在不停地画。

七

三里庄的房子后来翻盖过两次，可父母住在三里庄再也没换过地方。

我读完高中后，离开了村子。那时正赶上知识青年上山下乡，我虽然当时生活在乡下，可户口并不在乡下，按照规定还要响应下乡的号召，于是又到离县城更远的村子待了两年。此时这下乡对我来说已算不了什么，干农活儿早是我驾轻就熟的事了。后来回城参加工作，我就没再回三里庄长住过了。再后来又调离县城到外地工作，回三里庄住得就更少了……

可我至今到家乡还是得空要回三里庄，去看那些我熟悉的前辈和少时的伙伴们。

现在的三里庄早不再是乡下了！这里的县城也改成了市城。村里的土地已全部被市里统一规划建设成了市区的一部分，村民们也都成了市民。村子周围的沟和湾全没了，天上的水和地上的水都流进了新建的地下排水系统。原来村里的老平房也都不见了，全部建成了楼房。过去曾经满是平房的县城，现在却是想找个平房都找不到了。但村东边的那条大河还在，建了一个湿地公园，清凉雅静，倒是别有一番风景。可这河里却是再也看不见那些光着腚下河的孩子们了。

五叔、五婶都去世了，父亲也是在村里去世的，他们的骨灰一起被安放在村子的灵堂里，这是父亲作为三里庄人最后的归宿。村里早先年长的前辈越来越少，年轻时的同伴们也都上了年纪。当年的锁儿现在已看不出当孩子头儿时的威风，对我也变得客气起来，但我们那老感情却已然在心里涌动着。"八大金刚"中的其他人有几个因病或事故不在了，除有几个当过兵外，他们在村里都没成什么大事，只是在家当了照看孙子的爷爷。倒是那小瘪子后来居上，去北京上了大学，后又做起了大买卖，成了三里庄在外的名人。庄里原来的那些妮儿们也早就嫁出了村子，我在村里已很少见到她们。可我碰见过小时候见了我脸红的二妮儿，她嫁到了邻村，现在见到我时已不再脸红，怀里抱着孩子，亲热地喊着二哥。

　　三里庄看不出原来村庄的模样了，乡下和城里混成了一片，再也分不出城里城外。村里的环境对我虽然变得越来越生疏，可城南的那个三里庄旧时的样子却依然鲜活在我的记忆里，怎么也忘不了！那是我少年时代生活过的地方，它把我很多的情感拴在了那里，把我很多的记忆留在了那里……它时常浮现在我的梦境中，出现在我的绘画里……

　　有人觉得我人"土"画也"土"。说真的，我本就不想去当"洋气"的人，尤其是不想去装"洋气"的人。我喜欢这"土"，也喜欢"土"的艺术。是这"土"养成了我的性格，生成了我的模样。不管到什么时候，我也不会忘记我曾是乡下人。

　　我总想为乡下人去做点什么：去画他们，去说他们……

2016 - 7 / 于济南

后　记

画画之余，也写写。天长日久，文章就积攒了一些。

从艺以事专技为专业，但除专技外，还需吸收多方营养才成丰厚之象。其实，艺类诸种均为所感、所思之表达，只别于表达方式不同，且艺道相通，大律相类。就画、文而言，也仅是别于其载体不同：画借助于笔墨形图，文借助于字词语句罢了。为艺之道，画理、文理相为启悟，互作补充，画可通文，文可通画。

如此一来，我也常写文，并觉写文于我受益良多。感受有三：一是助记，可随记所感所思，积知累识；二是助理，可将所感所思梳理升华，归律悟理；三是助道，可将文理助于画理，融会贯通。故而就觉得：画者为文，非是"不务正业"，而是"不误正业"了。

我写文多是随时、随机、随意为之，有与画相关者，也有无关者；有据现实有感而发者，也有臆想而来者。写文随意而为，成文后也就随意置之，除将其发于个人博客和网站外，很少拿出来正规出版发表。现济南出版社约稿成书，不得不郑重其事，将以往所攒之文悉数翻腾出来，理顺修改，整理分类，竟有近百篇。姑且将所见、所感、所思、所忆之文中短而可观者选些出来，取一小文《看不到自己》之名为书名，并配插图数帧，集为一书。尚余采风随记、为画随感等文类，留待日后再行结集。

虽觉为文"不误正业"，但总归为文有为文之术，故此次集文成书，仍是心中忐忑，总觉自己对文研究之时尚少，不上讲究之处甚多。因水平有限，仅供诸家闲余塞目，褒贬皆喜。不屑一顾者无妨，若有顾者，请见笑：嘻嘻！嘿嘿！咯咯！哈哈！

于新生／丁酉秋于济南